Adolf Strodtmann

Brutus, schläfst du?

Zeitgedichte

Adolf Strodtmann

Brutus, schläfst du?
Zeitgedichte

ISBN/EAN: 9783743365896

Hergestellt in Europa, USA, Kanada, Australien, Japan

Cover: Foto ©Andreas Hilbeck / pixelio.de

Manufactured and distributed by brebook publishing software (www.brebook.com)

Adolf Strodtmann

Brutus, schläfst du?

Brutus! schläfst du?

Zeitgedichte

von

Adolf Strodtmann.

Mit 14 Illustrationen

—•—•—•—

London.   Newyork.
Trübner & Co.   B. Westermann & Co.
Hamburg.
Jean Paul Friedrich Eugen Richter.

Statt der Vorrede.

„Die Republik ist in Gefahr,
    Die Freiheit geht verloren,
Wenn Cäsar herrscht. Drum, kühne Schar,
    Sei ihm der Tod geschworen!"
Der Cassius ruft's; doch Cimber spricht:
„Es glückt uns ohne Brutus nicht.
        Brutus! schläfst du?

„Der Römer Besten preist man ihn,
    Er darf im Bund nicht fehlen.
Mög' ihn sein Ahn, der einst Tarquin
    Vertrieb, zur That beseelen!
O lebte jener Brutus doch!
Er ist nicht Brutus, säumt er noch!
        Brutus! schläfst du?"

Und Alle stimmen jubelnd ein:
    „Der Brutus soll uns führen!"
„Brutus, ans Werk!" Was mag ihm sein?
    Wozu das finstre Schüren?
„Du bist nicht Brutus!" raunt's ihm zu,
Und hier ein Gruß: „O, lebtest du!"
        „Brutus! schläfst du?"

Er hört's, und nicht vergebens trank
  Sein Ohr die Klagbeschwerde: —
Durchbohrt von zwanzig Dolchen, sank
  Der Freiheit Feind zur Erde.
Das war die That, die Brutus schuf,
Das war die Antwort auf den Ruf:
  „Brutus! schläfst du?"

Und sollt ein Wunder heut geschehn
  An Donau, Spree und Pleißen,
Daß Brutus wollte auferstehn
  (Er könnt' auch Michel heißen):
So rief' ich jetzt und immerfort
Ihm laut ins Ohr das Mahnungswort:
  Brutus! schläfst du?

Vielleicht, mein Volk! es würd' ein Hauch
  Vom Brutus in dich fahren.
Kein Meuchler, — nein, im Pulverrauch
  Der Feldschlacht kämpfend Aug' in Aug',
  So schlügst du die Cäsaren!...
O lebt' in dir ein Brutus doch!
Du bist nicht Brutus, säumst du noch!
  Brutus! schläfst du?

Inhalt.

Rothe Lieder.

Erstes Buch.

Zweites Buch.

Drittes Buch.
18?? Stimmen aus der Zukunft (1849—50).

Viertes Buch.

Lothar.

Brutus! schläfst du?

Widmung.

Dies ernste Lied — wem soll ich's geben?
   Mich dünkt, die Gab' ist groß und klein:
Mein Hoffen all und all mein Leben
   Schließt dieser Verse Wechsel ein.
Was in der Seele tief geklungen,
   Und was der Zeiten Kampf und Braus
An Schmerz und Freude wachgesungen,
   Ich trag' es in die Welt hinaus.

Ob du noch ferne — laß mich wagen
   Zu deinem Auge, groß und mild,
Des Sehers Blick emporzuschlagen,
   O Völkerzukunft, heil'ges Bild!
Du hast mir Licht und Trost gegeben,
   Du gabst der Dichtung goldnen Schein:
So will ich dir, wie all mein Leben,
   Dies Lied als Dankesopfer weihn.

I.
Vor dem Gewitter.

Studentenlust.

O Jugendleben! goldne Zeit,
Wie sing' ich deine Herrlichkeit,
Da aus der Kindheit grünem Baume
Um Herz und Haupt in wachem Traume
Der erste Gruß der Liebe klingt,
Und voll des Lebens Quelle springt!
Das ist die Zeit, wo aus den Zweigen
Ein Engelsantlitz niederlauscht,
Und durch der Morgenfrühe Schweigen
Sein Lied in unsre Seele rauscht:
Verheißung halb der künft'gen Zeit,
Und halb, dem Kindestraum geweiht,
Erinnern der Vergangenheit!
Das ist die Zeit, wo noch befangen
In junger Brust der Frieden ruht,
Wo nicht des Zornes wilde Gluth
Erglühen ließ die frischen Wangen,
Die heut „wie Milch und Rosen prangen,"
Um bald vielleicht wie Schnee und Blut
Zu glühen in des Kampfes Wuth!

O laßt mich jeder Stunde denken,
Wo ich, ein Knabe leicht und froh,
Der Schule Armesünderbänken
Hinaus zu meinem Wald entfloh!
Mein Weggesell ein Wanderstab,
Den mir die Weißdornhecke gab,
Mein Kompaß Wind und Sonnenschein —
So trat ich in sein Zelt hinein.
Da kam es oft, daß ich vergessen
Die Mittagszeit, der Eltern Haus,
Und daß ich still im Moos gesessen,
Indeß ich Blumen wand zum Strauß:
Daß ich, versunken ganz in Lust,
Mich selbst als Waldeskind gewußt:
Als Blum' und Baum, als Stein und Bach, —
Bis ich zuletzt mit leisem Beben
Des Märchens Zauberbann zerbrach,
Um mich der Welt zurückzugeben.
O, wie dann oft die Mutter schmählte,
Wenn ich — zerrissen Hut und Kleid,
Das Haar von Blüthen noch durchschneit —
Von all der Herrlichkeit erzählte,
Die mich in Waldespracht umfing,
Wenn ich die Schule schwänzen ging!

So trieb ich's lustig Jahr um Jahr,
Bis ich so an die Fünfzehn war,
Und mich der Eltern frommes Paar
Zur Kirche sah mit Inbrunst treten,
Um mit der Lippe Dankgebeten
Des Priesters Segen zu empfahn,
Nachdem ich — ach, in frommem Wahn! —

Aufs Neu' dem Gotte zugeschworen,
Dem einst die Taufe mich erkoren.
Ei nun, bedenke, lieber Christ,
Was thut man nicht mit fünfzehn Jahren,
Wenn man ein halber Heide ist,
Ein arglos Kind und unerfahren?
So fromm wie Einer kniet' ich doch,
Und gläubig nahm ich hin den Segen; —
Zerbrach ich auch des Glaubens Joch:
Vielleicht der Segen blieb mir noch,
Und zieht mit mir auf allen Wegen!
Warum auch sollt' ich da nicht gern
Dem „alten Gotte" Treu' geloben,
Der uns erschaffen Sonn' und Stern',
Und all die Himmelslichter droben;
Der in des Waldes Rauschen weht
Und jedes Vögleins Lied versteht,
Das mir ins Herz hinübersang,
Und drin ein Echo wiederklang!
Warum auch sollt' ich, froh und jung,
Nicht glauben der Verkündigung:
Daß Gottes Sohn die Liebe sei,
Die, von des Hasses Wuthgeschrei
Allüberall ans Kreuz geschlagen,
Uns wiederkehrt in bessern Tagen,
Wenn sie auch heut mit trübem Gruß
Zum Himmelsthor sich flüchten muß! —

O goldne Zeit! Ich war Student!
Das Auge glüht, die Wange brennt,
So oft des Tages ich gedenke,
Da endlich die Primanerbänke

Der Knabe ließ mit leichtem Gruß,
Und da Rektor magnifikus
Dem Jüngling, den er schwer gebändigt,
Das Abschiedszeugnis eingehändigt.
Denn wißt: er war ein harter Mann,
Der tausend Qualen mir erjann,
Und der, zu meines Vaters Noth,
Gar oft dem ungerathnen Buben
Konsil und Relegat gedroht,
Weil er in Dorf und Schenkenstuben
Von bald zerrißnen Fesseln sprach,
Darin das Volk gefangen lag,
Von Fürstenhaß und Bruderliebe,
Die Arm und Reich verbinden lehrt,
Und die nicht kommt, bis einst das Schwert
Des Völkerzorns mit scharfem Hiebe
Auf all den Kram herniederfährt. —
Doch gab er mir, trotz altem Groll,
Ein Zeugnis, schön und liebevoll:
Sonst mußt' er ja zu seinem Grauen
Mich noch ein Jahr als Schüler schauen!

Und dann der Tag, als ich von Haus
Marschierte in die Welt hinaus,
Bepackt wie Peter in der Fremde
Mit Pfeif' und Buch, mit Rock und Hemde,
Und all' den tausend Siebensachen,
Damit, von Elternhuld beschwert,
Der Jüngling in die Weite fährt,
Und die linksum zum Leihhaus machen,
Wenn rechts ihr Herr zur Schenke kehrt. —

Von Vater und von Mutter auch
Ward ich nach frommer Eltern Brauch
Begleitet eine Wegesstunde,
Bis sich von eines Hügels Runde
Noch einmal morgenglanzerfüllt
Der Heimat liebes Bild enthüllt.
Da sanken wir uns Arm in Arm,
Und, von den Abschiedsgrüßen warm
Erweicht das Herz, schritt ich von dannen,
Derweil um mich die Thränen rannen.
Denn beide Eltern weinten heiß,
Die Mutter laut, der Vater leis,
Indeß mein Auge trocken blieb —
Und hatte doch die Eltern lieb!
Wie mag in solcher Scheidestunde
Das Elternherz mit bangem Grauen
Der weiten Zukunft Nebelrunde
Prophetisch fürchtend überschauen,
Derweil der Sohn mit heitrer Lust
Sich wirft dem Leben an die Brust!
Ihm lacht der ganzen Zukunft Glück —
Und schaut er auch einmal zurück,
Wo lange noch die Tücher winken
Und Grüße durch die Thränen blinken,
So ist's nur, daß sein Lächeln spricht:
„Ich kehre wieder — weinet nicht!"

Studentenleben! Jugendzeit!
Wie machst du uns die Brust so weit,
Daß unsre Seele lenzt und mait,
Ob draußen Winterstürme gehn,
Ob Blüthen auf und nieder wehn,

Und dafs wir ganz in Lebensgluthen
Den Geist ins All hinüberfluthen. —

Studenten ziehn das Thal entlang
Mit Jubellied und Hörnerklang,
Wo, von der Eifel grüner Firn
Entstammt, die lust'ge Hochlandsdirn',
Die lichte Ahr, hinunterschäumt
Und silberweiß die Felsen säumt,
Die trotzig auf den Schieferstreben
Den grauen Bergesdom erheben.
Daneben an der Felsenwand
Das Werk der armen Menschenhand:
Die Hütten, schlecht von Lehm errichtet,
Von Schieferbruch das Dach geschichtet,
Das Mauerwerk mit Moos gedichtet,
Darein der Ahr getretnen Sohn
Der Reichthum bannt zu Knechtesfrohn.

Doch heute — sieh, aus Hütt' und Thor
Lugt jedes Angesicht hervor!
Die Wang' gebräunt vom Sonnenbrande,
Bedeckt mit dürftigem Gewande
Des Körpers festgedrungnen Bau —
So blicken sie in lust'ger Schau
Hinab auf die Studentenschar,
Die fröhlich zieht bergan die Ahr,
Und grüßen, froh gegrüßt, hernieder,
Die winken dort — sie winken wieder.

Und weiter geht's in buntem Zug,
Voran die Fahn' im Windesflug,

Die euch ein schmucker Bursche trug,
Geziert mit Schärp' und farb'gem Band,
„Der lange Igel" zubenannt;
Ein junges Blut, hoch aufgeschossen,
Dem siebzehn Jahre kaum entflossen,
Der sich in seiner Glieder Länge
Mit Mühe nur zu finden strebt,
Und doch beim Klang der Festgesänge
Das weiß-roth-goldne Banner hebt,
Das zitternd in den Lüften schwebt.

Dann hinterdrein der lust'ge Schwarm,
Die Brust von Jugendfreude warm,
Verschlungen wandelnd Arm in Arm,
Den weißen Hut mit Laub geschmückt,
Das sie im Wandern abgepflückt
Und, dürftig Blatt an Blatt gewunden,
Zur Bacchuskrone schnell gebunden.
Was liegt auch an der schwachen Kunst?
Es gilt ja keiner Dame Gunst —
Heut gilt es nur, mit frischem Sinn
Des Augenblickes Gunst zu fassen,
Es gilt der Stunde Hochgewinn
Im Lebensbecher zu verprassen;
Da ist der beste Freiersmann
Wer sechsmal sechse trinken kann.

So wandern sie. Ob auch bekannt
Ich jedes frohe Antlitz fand:
Wozu euch fremde Namen nennen,
Die fremd an euch vorüberrennen?

In Alten heute Der vertieft,
Euch Jugendtönen kalt geworden,
Die ihr ihn einst zum Becher rieft —
Der lust'ge „Spuz" vom rauhen Norden;
Der Andre heut gehasst, verbannt,
Ein Herrenwild am Themsestrand,
Der sich für Recht und Freiheit schlug,
Als jüngst vom Rhein zum Neckarstrande
Die Republik im Kriegesbrande
Das rothe Friedensbanner trug;
Der Dritte dort, ein irrer Stern,
Der, ein Komet, die Flammenkreise
Im Flug beschrieb, und, aus dem Gleise
Gehetzt, versank in Nebelfern';
Der Vierte ausgeglüht und todt,
Eh' noch die Mahd ihm Früchte bot;
Und D e r vielleicht am Leben noch,
Weil nicht am Kampf — der bricht ihn doch!

Studentenleben! Jugendzeit!
Wie bald verbleicht dein goldnes Kleid,
Wie schnell zerrinnt dein heller Traum,
Wie rasch verblüht dein grüner Baum —
Und dass er blühte, denkst du kaum!

So wandern sie. Ich weiß es nicht,
Ob solch unheimlich Dämmerlicht
Von künst'ger Zeit vielleicht dem Einen
Und Andern mag hinüberscheinen, —
In dieser Stunde Lustgeschick
Ein höhnischer Prophetenblick!

Wer frägt danach! — Sie wandern fort,
Bis von Sankt Peter's Haupte dort
In Wallporzheim zum Trunk in Gnaden
Ein freundlich Nicken scheint zu laden.
„Gegrüßt, ihr Herrn!" — „„Ei, lieber Wirth,
Ein Schöppchen von des Kellers besten,
Ihr seid begrüßt von wackern Gästen!""
Und schon der Tisch von Gläsern klirrt.
Wie lob' ich mir vom Bergeshang
Den sechsundvierz'ger Jahrsgang,
Die heiße Fluth, Domlei genannt,
Gereift im stärksten Mittagsbrand,
Die flüssig wie geschmolznes Gold,
Wie Feuer durch die Adern rollt,
Und doch wie Sonnenlicht so hell
Erglänzen macht des Lebens Quell!

Ein kurzes Rasten; — wieder dann
Tritt froh der Schwarm die Wandrung an.
Denn wo die Burg von Altenahr
Mit ihren morschen Trümmerresten
Beherrscht der Berge Wächterschar,
Forscht Herr Gaspari nach den Gästen,
Die allzu lang entfernt ihm blieben,
In Spiel und Scherz umhergetrieben.

Doch sieh, am dunklen Felsenthor
Jetzt treten schon die Plänkler vor,
Die Ersten von der wilden Schar,
Die mit dem rothen Wein der Ahr,
Von Lust und Kampfbegierde voll,
Die heiße Schlacht beginnen soll,

Die wohl dem Wirth den Beutel strafft,
Doch leer ihm Küch' und Keller schafft.

Sie halten still — am Felsenthor
Tritt klugen Sinns der Sprecher vor,
Der Tim, ein fröhlicher Gesell,
Die Stirne frei, das Auge hell,
Die Wimper braun und braun das Haar,
Mit frischgefärbtem Wangenpaar,
Und an des runden Kinnes Saum
Des Ziegenbärtchens Federflaum.·
Ich seh' ihn noch, den guten Pommer,
Wie er im Winter und im Sommer
In graukarriertem Frühlingsrock
Einherging mit dem Degenstock,
Den ihm, mit Trobbeln fein behenkt,
Der treue Stiefelfuchs geschenkt.
Ich seh' ihn noch, die liebe Seele,
Wie er, ein flotter Bummelant,
Mit heiserm Ruf aus heisrer Kehle
Zu lenken jedes Herz verstand;
Wie hier, die Ärmel aufgestreift,
Er einen angetrunknen Zecher,
Betrunken selbst, nach Haus geschleift,
Und wieder rückgekehrt zum Becher;
Wie dort der Brüder seltnen Streit
Geschlichtet seine Fröhlichkeit,
Daß Händedruck und Gruß ihn lohnen —
Den wackern Sprecher der Frankonen!
Ich seh' ihn auch an jenem Tag,
Wie er den Zweig vom Baume brach

Und laut das Wort erschallen ließ,
Das sich die Brüder ordnen hieß —
Voran die Musikantenschar,
Und dann die Andern, Paar um Paar —
Und wie den grünen Buchenstab
Er dreimal in die Lüfte schwenkte,
Daß bei Musik in schnellem Trab
Der ganze Schwarm zum Dorfe lenkte,
Wo sie an seines Hauses Ring
Gaspari wohlgemuth empfing.

Gaspari, Wirth von Altenahr!
Wie hast du für die Zecherschar
So herrlich Alles vorbereitet,
Des Hauses Fülle klug gebreitet,
Daß an der Tafel, reichbesetzt,
Sich weidlich Herz und Auge letzt!
Dein Saal ein Waldesbach geworden,
Geplündert ganz dein Gartenflor,
Daß rings an Säul' und Fensterborden
Ein Blumenantlitz nickt hervor,
Und daß die hauptumkränzten Gäste
Silene schier im Waldesfeste!
Denn wißt: am Rheine gern gesehn
Sind rings im Land die weißen Mützen,
Soweit im Morgenwindeswehn
Der Traube Blut die Berge schützen
An Drachenfels und Rolandseck,
Bis wo der trotz'ge Stromesneck,
Der Lurleifels, sein Haupt erhebt,
Und um Goar und Goarshausen
Des Rheines grüne Fluthen brausen,

Brutus! schläfst du?   2

Wo dort der „Lilie" Zeichen bebt,
Und hier des „Adlers" Fittich schwebt!

Du lustig Bild der Jugendzeit,
Wie soll ich dich in Worte fassen,
Eh' noch dein Zauberglanz entweiht,
Und all' die Farben trüb erblassen:
Eh' noch, von Winterschnee umweht,
Der Nachthauch durch die Fluren geht?

„Musik! Musik!" Mit Hörnerklang
Hebt brausend an der
            Festgesang.
So greise nun bei lust'gem Singen
    Ein Jeder froh zum Festpokal,
Und laßt die Gläser hell erklingen,
    Ihr lieben Brüder allzumal!
Es sei in dieser schönen Stunde
    Von ewigjunger Lieb' entfacht,
Ein neues Lied dem alten Bunde
    Aus vollem Herzen dargebracht!

Willkommen seid, ihr frohen Zecher,
    Mit Händedruck und Jubellied!
Erhebt die weingefüllten Becher:
    Ein Hoch der Stunde, die entflieht!
Was Gram und Reu', was Harm und Sorgen,
    Was Herzeleid, was Tod und Grab?
Hier Lust und Scherz und Frühlingsmorgen,
    Hier Becherklang und Thyrsusstab!

So laßt uns schwärmen, Herz an Herzen,
In Liebeslust und Lenzespracht!
Laßt flackern hell der Freude Kerzen
In dieser heitern Sommernacht!
Ihr Brüder all' aus Näh' und Ferne,
Herbei, herbei mit Sang und Klang!
In unsrer Brust des Himmels Sterne
Die Lust wie groß, die Nacht wie lang!

Und als des Liedes Jubelton —
Wie lange schon! — der Brust entflohn
Und in den Lüften leis verklungen,
Hat er sich in das Herz geschwungen,
Wo er in frohem Wiederhall
Erbraust bei Wort und Becherschall.

Ein ander Bild! Von Gluth entfacht,
Erhebt sein Glas ein junger Zecher;
Und läutet durch die Julinacht
Dreimal mit wilder Freudenmacht
Als Glocke den krystallnen Becher.
Er war ein Bursch aus Münsterland,
Edwin, „der Gläubige" genannt,
Von hoher Stirn, gedrungnem Bau,
Die Seele deutsch, das Auge blau,
Ein tollphantastisch Widerspiel
Von Formelwust und Idealen —
Ein Stern, berufen hell zu strahlen,
Wenn er aus seinen Träumen fiel.

2*

Denn Traum und Glauben war sein Wesen
Von einer schönen Fabelzeit,
Wo sich die Welt, in Gott genesen,
Zum Christenthum zurückbefreit.
Er schwor getrost der Offenbarung
Des Alten, der an Patmos' Strand
Zu seiner Blumenseele Nahrung
Das fromme Dichterbuch erfand
Von sieben Leuchtern, sieben Sternen
Und von dem Thier der Wunderzahl,
Bis durch die tausend Nebelfernen
Das Schwert gezückt der Sonnenstrahl,
Die alte Welt in Nacht zerbricht,
Und uns ein neues. Himmelslicht
Auf neuer Erdenflur verspricht.
Ihm hat Lothar, der Atheist,
Ein arger Heid' und Antichrist,
Des Glaubens überreife Frucht
Herabzuschütteln von den Zweigen,
Die lange sich zur Erde neigen,
Des Kindheitbaumes oft gesucht;
Dann stritten sie in regem Fleiß,
Mit Gründen Der, und Der mit Meinen,
Bis sie, von Jugendfeuer heiß,
Im Liede endlich sich vereinen —
Nicht klüger zwar, doch leicht und hell
Sich badend in der Dichtung Quell.

Der nun ergriff das Glas — Edwin, —
Und wie die Wogen leiser ziehn
Der Luft, die Alles heut umfangen,
Beginnt er mit erglühten Wangen

Zu reden von der Heimat Schmerz,
Die, von der Bajonnette Erz
Umstarrt, in Weh zusammenschauert,
Und um den Tod der Freiheit trauert.
Er sprach von einer künft'gen Zeit,
Des Friedens heil'gem Glanz geweiht,
Und die, wie sehr der Fürst sich brüste,
Im Schlachtenblitz erscheinen müßte,
Ob auch, mit freiem Blut getauft,
Das Vaterland den Sieg erkauft!

Sein Wort ergriff der Zecher Kreis,
Die horchten sacht und horchten leis,
Bis daß Edwin als Redeschluß
Emporgesandt den Männergruß:
„Von Elb' und Rhein zum Donaustrand
Ein frei und einig Vaterland!"

Trompetentusch und Gläserklang —
Da von des Tisches Ende drang
Beim Klirren des entsunknen Bechers
Der Ruf des angetrunknen Sprechers:
„Abe dem Ernst — die Stunde flieht!
Wir singen jetzt das Katerlied!"

Ei nun, er war 'ne gute Haut,
Doch ist sein geller Jubellaut
Wie Höhnen in die Zecher fahren,
Die ganz von Ernst gefangen waren
Und lieber sängen gluthentbrannt
Das Lied vom „deutschen Vaterland".

Zumal Lothar. Wie Eiseswehn
Sah ich auf seiner Wange stehn
Das alte Lied von Gram und Zürnen,
Das schnell der Freude Roth vertreibt
Und auf die bleichen Kämpferstirnen,
Der Heimat Schmerzenszüge schreibt.
Er hat das Glas voll Wein zerschellt,
Und wie die Fluth zur Erde fällt,
Stürzt er, von Jugendzorn entfacht,
Hinunter in die Julinacht;
Und hinter ihm im Winde zieht
Trompetenton und

Katerlied.

Die Frankonen sind eine saubere Zunft —
Harum bidscharum bum bum bum!
Bei Gaspari halten sie Zusammenkunft —
Harum bidscharum bum bum bum!
Aschegraue, dunkelblaue — bum bum bum!
Mir ein Kater, dir ein Kater! — bum bum bum!
Wein in das Loch! Kater giebt's doch.
Aschegraue, dunkelblaue — bum bum bum!

Die Kater, die sollen gesegnet sein —
Harum bidscharum bum bum bum!
Die Kater in Bowle, in Bier und in Wein,
Harum bidscharum bum bum bum!
Aschegraue, dunkelblaue — bum bum bum!
Mir ein Kater, dir ein Kater! — bum bum bum!
Wein in das Loch! Kater giebt's doch,
Aschegraue, dunkelblaue — bum bum bum!

Studentenleid.

Ein froh durchschwärmter Augenblick,
Genossen ganz in Lustgeschick,
Und dann ein farblos Trauerlied,
Eh' kaum vielleicht die Stunde schied,
Ein Träumen in der Gegenwart —
Das ist nun so Studentenart!
Der Welt erschlossen Sinn und Geist,
Nach außen ganz den Blick gewendet,
Weil froh das Blut zum Herzen kreist
Und leicht den Tageslauf vollendet:
Die Freude tief, und tief der Harm,
Doch, wie sie kamen, schnell entflogen —
So fluthen durch die Seele warm
Studentenlebens rasche Wogen.
Da wird für morgen nicht gesorgt,
Das Gestern kaum zurückempfunden,
Weil unser Herz im Spiel der Stunden
All seinen Glanz vom Heute borgt,
Und, bring' es Lust und bring' es Leid,
Sich all und all dem Leben weiht.
Da muß beschämt der Schnitter „Tod"
Mit Grollen sich nach Hause schleichen;
Denn wo Genuß der Jugend loht,
Schwingt er umsonst sein Warnerzeichen,

Und lachend trinkt in Seelenruh'
Ihm der Student ein Smollis zu.
Was fragt er nach dem Werth des Lebens,
Wenn ihn ein ganzer Lenz umlacht,
Und wenn im Hauch des Morgenbebens
Aufglüht in einer Sommernacht
Der ganzen Liebe Blüthenpracht?
Was kümmert ihn — o laßt sie eilen! —
Der karggemeßnen Tage Flug,
Wenn er in Hast die goldnen Zeilen
Durchflog in seiner Freuden Buch,
Und Blatt um Blatt vorüberschlug?
Mit gleicher Lust, ein trunkner Zecher,
Schwingt er die Weinesgluth im Becher,
Mit gleicher Lust, von der entfacht,
Er morgen schwingt das Schwert der Schlacht,
Und hoch zu Roß mit hellem Muth
Verströmen sieht die Lebensfluth!

So nun Lothar. Wie froh und leicht
Er jüngst von Liebe ganz entglommen,
Ist schnell sein Wangenpaar erbleicht,
Als ihm der Groll ins Herz gekommen,
Der, wie der Blitz den Baum versehrt,
Ihm glühend in die Seele fährt.
Das Auge trüb, und wirr das Haar,
Vom leichten Sommerhauch durchfächelt,
Sah ich ihn durch die Nacht der Ahr
Hinschreiten stumm, indessen klar
Der Himmel ihm herniederlächelt,
Als wollt' er, eh' die Sterne fliehn,
Mit Liebe neu sein Herz umziehn.

Der aber ging. Vergebens sucht
Ihn Hörnerklang zurückzurufen;
Er klimmt empor in rascher Flucht
Zum „Weißen Kreuz" die Bergesstufen.
Und wo vordem auf Felsenrand
Des Glaubens ärmlich Zeichen stand,
Das jüngst der Sturm herabgeweht —
Weil ihn der Wahn vielleicht verdrossen,
Der noch in Fasten und Gebet
Die beßre Andacht eingeschlossen —
Da, mit der Nacht und sich allein,
Stellt jetzt Lothar das Wandern ein.

O, nie vergeß' ich jene Nacht,
Wo ich, von Blüthen überdacht
Und von der Felsen Hut geborgen,
Belauscht der Jünglingsseele Sorgen.
Denn oftmals ging ich spät von Haus
Nach Sieg und Rhein und Ahr hinaus,
Um in der Nächte Friedensschweigen
Den Kamm der Berge zu ersteigen,
Und früh den ersten Sonnenstrahl
Mit lautem Jubelton zu grüßen,
Der tief im Thal zu meinen Füßen
Sich durch die Morgennebel stahl,
Bis er, soweit die Rebe sproß,
Mit Gold die Fluren übergoß.
So war — nennt's Zufall, nennt's Geschick —
Ich auch in jenem Augenblick,
Umrauscht von fernem Hörnerklang,
Lothar's Genoß am Felsenhang.

Ich sah ihn düster, kalt und blaß
Hinauf zum Bergesgipfel schreiten,
Und dann, von Schmerz das Auge naß,
Zu Blum' und Strauch herniedergleiten.
Er ließ, gelehnt am Felsgestein,
Den Blick hinaus ins Weite streben
Und sich im Geist hinüberheben
In eine Welt voll Rosenschein,
Wo nicht der Freunde Wort, wie jetzt,
Des bleichen Schwärmers Gluth verletzt,
Und wo ein jedes Herz versteht,
Was je ein ander Herz durchweht.

O zürnt ihm nicht! Es war ein Traum,
Der aus der Seele engem Raum
Hinüber in die Weite zog
Und kühn die Zukunft überflog:
Ein Traum, wie ihn die Jugend träumt,
Wenn ihr der Sehnsucht Becher schäumt,
Ein Lied, wie es die Hoffnung singt,
Wenn Herz und All zusammenklingt,
Ein Traum, ein Lied — o eine Welt,
Die heute noch in Trümmer fällt,
Und morgen, wenn die Nacht sich lichtet,
Sich wieder neue Sonnen dichtet!

Wer hat denn in der Jugend Rausch,
Wie jetzt Lothar, im Wonnetausch
Die Wirklichkeit, das arme Leben
Nicht oft um einen Traum gegeben?
Um einer Zukunft Farbenbild,
Das fröhlich aus dem Dunkel quillt

Und uns zum Geisterkampfe reißt,
Der uns des Lichtes Sieg verheißt!
Es wird, solang die Erde lebt,
Die Hoffnung ewig sich entfalten,
Die aus dem Trümmerschutt des Alten
Der neuen Liebe Tempel hebt.
Prophetisch zog sie ihre Bahnen
In Flammengleisen durch die Welt,
Und ließ die junge Menschheit ahnen,
Daß, wo im Kampfe der Titanen
Ein Stern vom Völkerhimmel fällt,
Ein ander Licht die Nacht erhellt.
Wir sind ein ewiges Geschlecht,
Das für ein ewig Menschenrecht,
Allüberall im Streit verbündet,
Der Wahrheit Liebesfackel zündet.
Noch heute klingt um Memnnon's Stein
Der Gruß versunkner Nationen,
Ein ander Lied entlegner Zonen
Von eines andern Feuers Schein:
Noch heute irrt, von Zion's Tempel
Verjagt, in seiner Schmerzen Fluch
Der Jude, der den Mördertempel
Von Golgatha am Haupte trug.
Und wo die altgewordne Welt
Sich sterbend regt in Fieberschauern,
Wird ewig doch, ein Zukunftsheld,
Den Tod die Menschheit überdauern!

Wer hat nicht oft in jener Zeit
In stiller Traumesseligkeit

Den Völkertag herbeigedichtet,
Der all den Kampf in Frieden schlichtet? —
Denn wißt: es war in jener Nacht,
Die wir im Berge zugebracht,
Noch nicht mit seinen Ungewittern
Emporgeloht der Märzestag,
Der einer Krone Reif zerbrach,
Statt dreißig Throne zu zersplittern,
Und der, trotz seinem Dämmerlicht,
Den ganzen Sonnentag verspricht!

Wie lang' Lothar am Steine saß,
Fürwahr, ich wüßt' es nicht zu sagen;
Doch auf der hohen Stirne las
Ich manch ein Lied von künft'gen Tagen,
Das mir von Streit und Männerschlacht
Und von der Liebesgluth erzählte,
Die in geweihter Jugendpracht
Mit Friedensglück den Kampf vermählte.
Denn nimmer bricht der finstre Groll
Den Weg zu neuen Völkerpfaden,
Und eine Friedensglocke soll
Die Welt zum Bruderfeste laden —
Ob auch zerbrechen wird der Krieg
Das letzte Schwert im Völkersieg!

So ist Lothar, den ich belauscht,
Von jedem Hasse freigekommen,
Von Hoffnungsträumen überrauscht,
Von Zukunftsmorgenroth entglommen,
Wie sonst, das Auge hell und klar,
Und jugendfrisch das Wangenpaar.

Im Laub ein Knistern jetzt erklang,
Wie eines späten Wandrers Gang,
Und wie Lothar den Blick erhob,
Den eben noch der Schmerz umwob,
Sah er, vom Mantel eng umwallt,
Des Freundes kräftige Gestalt,
Der sich vom Kreise fortgestohlen,
Mit klugem Wort und mildem Sinn,
Eh' noch des Festes Glanz dahin,
Lothar, den Freund, zurückzuholen.

Aufsprang Lothar. Mit Lächeln dann
Der Andre, drohend halb, begann:
„Du wilder Bursch! Wer hieß dich eilen
Hinauf zum Berg in toller Hast?
Es gilt noch lang' am Glas zu weilen,
Und bist doch sonst der letzte Gast!
Und sieh — potz Blitz und Schwerenoth! —
Nun muß ich gar am Kreuz dich finden,
Das seinen Schutz dem Zecher bot,
Der Buße that für alte Sünden!
Triumph! des Glaubens Sonne schien
Auch dir — und jubeln wird Edwin."

Darauf Lothar: „Du sprichst nicht schlecht,
Und triffst mich auch am Kreuze recht;
Denn eben ließ ich Bußgedanken
Als Rosen um die Schuld sich ranken.
August! bedenk' ich es genau:
Nicht spotten mag ich des Symboles,
Denn tiefe Deutung lehrt — o schau! —
Den Geist ein Zeichen selbst, ein hohles.

Unlängst vor Altersschwäche sank
Das fromme Kreuz, vermorscht und krank,
Zu Thal, dahin der Sturm es trieb —
Das Bild ist fort, der Name blieb!
O Freund, wie lange mag es währen,
Bis traumerwacht der Beter sieht,
Daß er vor Trümmern statt Altären,
Vor inhaltslosen Namen kniet?
Ja doch, bedenk' ich es genau,
So — trotz Monstranz und Kreuzesschau —
Sind wir mit unserm frischen Lieben,
Mit unsrer trunknen Freiheitsgluth
Dem Wort vom Kreuz getreuer blieben,
Als Jene, die mit Priesterwuth
Der Welt gepredigt Haß und Blut! . . .
Doch nun zu Trunk und Liebeslied —
Abe dem Ernst — die Stunde flieht!"

Mit Lächeln hörte wohl August
Dasselbe Wort des Freundes Brust
In leckem Jubelton entfahren,
Um das er jüngst die Zecherscharen
Verließ und sich in zorn'ger Flucht
Zu retten in die Nacht gesucht.
Doch fröhlich bot er ihm die Hand
Und schritt hinab vom Bergesrand,
Bei Spiel und Lust und Gläserklingen
Lothar dem Leben rückzubringen.

Ich sah sie ziehn. Im Laub erklang
Ein Knistern wieder thalentlang —

Und dann, wie still die Nacht, wie stumm!
Ein heimlich Schweigen um und um!
Nur daß vielleicht noch in den Zweigen
Ein Flüstern um die Wipfel rauscht,
Daß Blüth' und Blatt sich bebend neigen
Und Blumenmärchen ausgetauscht;
Nur daß, dem Thalesgrund entflohn,
Von Zeit zu Zeit ein Hörnerton
Sich zitternd durch die Lüfte rang,
Und leis im Echo wiederklang!

O, nie vergeß' ich jene Nacht
Mit ihrer stillen Friedenspracht,
Die mir des eignen Lebens Schein
Gezaubert in das Herz hinein!
Es war ein Traum, genossen kaum,
Versungen, verklungen in Nacht und Schaum
Wie liegst du nun so weit, so weit —
Studentenleben! Jugendzeit!

II.
Nach dem Gewitter.

Brutus! schläfft du?

Im „Römer."

Wir leben schnell! In einer Nacht
Ist unsrer Freiheit Stern erwacht,
Ein Leuchten, groß und wunderbar,
Ein Zukunftsahnen, licht und klar,
Ein ganzer Tag, in Luft verbracht,
Ein Weltenblitz -- und wieder Nacht!

O März! wie soll ich es verstehn,
Daß heut die Winterstürme wehn,
Wo gestern noch dein Wetterschlag
Die Fesseln all' in Stücke brach,
Und durch die freie Welt im Flug
Das schwarzrothgoldne Banner trug?
Ich hörte wild vom Seinestrand
Zum Kampf die Sturmesglocke rufen,
Und sah bis zu den Thronesstufen
Hinleuchten hell den Völkerbrand —
Den Brand, der Republik bedeutet,
Wenn nächstes Mal die Glocke läutet!

3*

Ich sah die Barrikadenschlacht,
Wo Schuß um Schuß die Salve kracht,
Und jeder Blitz ein' Bruderleben —
Ich weiß auch, wer den Wink gegeben!
Den König selber sah ich blaß,
Von Todesfurcht die Stirne naß,
Wie er das Antlitz niederbog,
Den Fürstenhut vom Haupte zog,
Und mit dem Mörderzug, dem bleichen,
Das Volk gegrüßt und seine Leichen!
Ha, solche Nacht! verflucht der Mann,
Der solche Nacht vergessen kann!
Die Nacht, wo unsre Kämpferschar,
Vereint Student und Proletar,
Im Barrikadenfeuer stand,
Und Freiheit oder Kugel fand!
Vergessen, wie die Dunkelheit
Der Erde wob ein Trauerkleid;
Nur daß ringsum die Hähne knackten,
Nur daß die Lunten aufgeblitzt,
Und daß die Brust die Hände packten,
Darein den Gruß der Tod geflitzt —
Nur daß in jener Märzesnacht
Gespielt die Barrikadenschlacht!

Und dann der Morgen! Licht und schön
Ergoß er von den Bergeshöhn
Den goldergühten Sonnenstrahl
Hernieder in das Erdenthal,
Und in den Lüften zog entlang
Ein Liebesklang — die Lerche sang,

Als wollte sie mit Friedenstönen
Die neugewordne Welt versöhnen.
Vorwärts! der Weltgeschichte Raum! ....
Und alles Das ein Fiebertraum?

O nein! — Ich glaube an die Nacht,
Die auch am Völkerhimmel wacht,
Die Kronen in der Fluth begräbt,
Und Blumen um die Todten webt.
Ich glaub' an sie — doch ewig nicht
Ist ihres Friedens Dämmerlicht;
Ein Träumen nur, darin der Geist
Des Zukunftglaubens Sterne hütet,
Da still die Weltgeschichte brütet,
Und neuer Tage Glanz verheißt.
Denn ewig ist der Sonne Licht,
Das morgen schon die Nacht zerbricht,
Dem König der Natur, dem Leben,
Den Herrscherstab zurückzugeben.

Ja doch, ich glaube an die Nacht
Mit ihres Schweigens finstrer Macht,
Ob ihre blassen Friedensfunken,
Die Sterne, all' in Schlaf gesunken,
Und durch des schwarzen Mantels Saum
Das Leben athmet hörbar kaum!
Doch nimmer glaub' ich an den Tod,
Wo eine Welt in Traum befangen,
Und noch im Schlaf von ihren Wangen
Des Lebens Freudensonne loht;
Wo noch im Traum die Seele wallt,
Der Schläfer noch die Fäuste ballt,
Und Schlaf und Traum von Flüchen hallt —

Von Flüchen, die der Kampf erstickt,
Der Siegesruf zurückgeschickt,
Bis nun die Nacht den Tag zerschmettert,
Und all den Haß vom Munde wettert!
Das ist die Nacht, in der wir heut
Den Märzestraum zur Ruh' gesungen,
Nachdem des Kampfes Sturmgeläut
Wie ferner Donnerton verklungen!
Hut ab! Das ist die Nacht, die Nacht,
Wo noch im Schlaf Vergeltung wacht,
Wo noch im Traum die Stirne brennt —
Das ist es, was ihr „Frieden" nennt!

Von solchem Frieden soll mein Lied
Den Gruß in euer Herz entsenden,
Daß, wenn der Schlaf die Wimper flieht,
Zum Streit gegürtet eure Lenden,
Das Banner rauscht in euren Händen,
Zum Licht das helle Auge sieht,
Und euer Volk zum Kampfe zieht! —

November war's, und kalt die Nacht,
Nicht Mond noch Stern am Himmel wacht:
Vielleicht, daß hie und da ein Strahl
Sich dämmernd durch die Wolken stahl;
Die Schläfer längst zur Ruh' gegangen,
Und gleich der Welt von Traum umfangen,
Die wie ein Zecher athmend tief
Des Tages Jubelrausch verschlief.
Sogar, die Alles sonst erspäht,
Die Polizei, hat nicht verschmäht,

Nachdem sie der Soldatenwacht
Das Wohl des Staates übermacht,
Der vielgeliebten Ordnung wegen
Sich etwas auf das Ohr zu legen.
Des Märzes Stürme sind vorbei,
Was wäre heut denn zu riskieren?
Trotz Alledem — der Polizei
Auch kann 'was Menschliches passieren!

Im „Römer" noch zu Bonn am Rhein
Saß bei der Lampe Dämmerschein
Und bei des Auges düsterm Flammen
Verschwörer eine Schar zusammen.
Sie waren nicht im Kampf ergraut,
Und nicht im Kerker alt geworden —
Ein Schwarm, wie ihn die Freiheitsbraut
Zusammenblies aus Süd' und Norden,
Und den des Vaterlandes Noth
In dieser Nacht zum Rath entbot.
O Polizei! wenn du gesehn
Die Jugend so in Waffen stehn,
Und jeder Blick ein Drang nach That,
Und jeder Zoll ein Hochverrath,
Und jedes Wort ein Blitz der Schlacht,
Der Nächte Dunkelheit zu kürzen,
Ein Mitbewußtemvorbedacht-
dieheiligeregierungsmacht-
direktimbürgerkampfestürzen:
Dir wäre fürstenschwänzerlich,
Processealtentänzerlich
Und adlerordenkränzerlich

Im Traume noch mit bleichen Mienen
Des Strafgesetzes Geist erschienen,
Bis dich ein krummer Paragraph
Erweckte aus dem Ordnungsschlaf. —
Doch seht, ich liefre Mann und Maus
Sogleich dem Hochgerichte aus!

Es mögen an die Sechse sein,
Von Weser Der, und Der vom Rhein,
Der Dritte von der Weser Strand,
Und Dieser von Westfalenland,
Der Fünft' August als Präsident,
In Bonn der lustigste Student,
Und als der Letzte noch Lothar,
Mein toller Gast von Altenahr.
Der war von Nordens Flur entstammt,
Dem treuen Land der Doppeleiche,
Die nun erliegt dem Mörderstreiche,
Der jäh auf sie hinabgeflammt,
Und sie vielleicht zum Tod verdammt;
Wenn morgen nicht bei Trommelgehn
Die todten Kämpfer auferstehn,
Und auf die Nacht in Flammenpracht
Ein ganzer Tag herniederlacht!

Sie lauschten still, sie lauschten bang,
So oft vom Thurm die Stunde klang,
So oft ein Freund die Schelle zog,
Und Rath mit den Verschwörern pflog —
Ob immer noch das Zeichen nicht
Zum Kampfe durch das Dunkel bricht?

Denn Alles bebt in Thatenlust,
Dem Tod zu weisen Stirn und Brust.

Die Stunde kam, die Stunde floh ....
Du junge Schar, was glühst du so?
Was prüfst du so das Flintenschloss,
So oft ein Strahl vom Himmel floss?
Was röthet sich die Wange gar,
Was sprüht so hell dein Augenpaar,
So oft ein Freund das Schweigen bricht?
Und kam ja doch die Stunde nicht!

Ein Pochen jetzt — die Pforte klang,
Und huschend in das Zimmer drang,
Vom Dämmerlichte schwach erhellt,
Ein Mann, das Angesicht entstellt:
So Einer von den Ewigbleichen,
Gebrochen von der Knechtschaft Qual,
In deren Zug, den immergleichen,
Sich weder Schmerz noch Freude stahl;
Die einst vielleicht in Gluth gebebt,
Als sie der Jugend Roth umschwebt,
Doch nun, im Zürnen alt geworden,
In Hass der Liebe Zug ermorden,
Dass kaum die Wimper zucken mag,
Ob eine Welt im Kampf erlag.
Die Stirne blass, die Wange kalt,
Von schlechtem Tuch den Leib umwallt,
Den Blick geheftet auf des Einen
Und auf des Andern Miene dann,
Gewandt zu Allen und zu Keinen —
So trat zum Tisch er, und begann:

„Gegrüßt, ihr Herrn! Wir sind bereit,
Und harren eurer noch zum Streit.
Die Kugel steckt im Büchsenlauf,
Die Pfanne nahm das Pulver auf,
Die Schwerter gut, und schwarz die Nacht —
Was braucht es mehr zur Straßenschlacht?
Wir sind es müd, im Fieberschlaf
Die kalten Nächte zu vertrauern,
Und hungernd auf dem Stroh zu kauern,
Wenn uns erwacht der Morgen traf.
Zu nutzen gilt es Sturm und Wind,
Die sich mit uns zum Sieg verschworen;
Zum Handeln sei die Nacht erkoren —
Wir schlagen, eh' der Tag beginnt!
Seid ihr bereit mit uns — wohlan!
Wo nicht — vorüber ist das Säumen,
Wir handeln, mögt ihr weiterträumen —
Im Straßenkampfe, Mann an Mann,
Die Andern ohne euch sodann!"

Ein kurzes Schweigen. Dann beräth
Die junge Schar des Blassen Worte,
Und hat, von Kampfbegier durchweht,
Ein länger Zögern schon verschmäht —
Da öffnet wieder sich die Pforte.
Ein Reitersmann, von Staub bedeckt,
Eintritt ins Zimmer rasch und schreckt,
Von seinem finstern Blick getroffen,
Der Freunde kampfgerüstet Hoffen.

„Da habt ihr," sprecht er, „mich zurück!
Wahrhaftig, ein besonder Glück,

Daß meine späten Trauerkunden
Euch nicht am Kampfe schon gefunden!
Ihr wißt, daß Köln auf diese Nacht,
Gerüstet, selbst sich zu erheben,
Zum Schlagen uns den Wink gegeben —
Doch hat es anders sich bedacht.
Der Abend ließ in seine Mauern
Ein neues Heer Soldaten ziehn,
Den Bürgern fehlt der Muth, den Bauern,
Der Feind ist wach, Verräther lauern,
Und feig entwaffnet sich Berlin.
O Schmach! es wird der Freiheit Fall
Auch heute nicht in Ungewittern
Der Throne morschen Bau zersplittern!
Die Helden hinter Schloß und Gittern,
Von der Brigittenau der Knall —
Und Ruh' und Ordnung überall!
Es kocht im Grimm die Seele mir —
Was meint ihr, Freunde! handeln wir?
Mich dünkt: Der Sieg ist nicht zu werben,
Doch bin ich's froh, mit euch zu sterben!"

Darauf Lothar: „Wie Märzwind scharf
Getroffen hat mich eure Kunde —
Doch zweifl' ich wahrlich, ob man darf
Versäumen eine gute Stunde.
Vielleicht, daß, von der Nacht gedeckt,
Ein glänzend Werk uns mag gelingen,
Das schnell auf der Begeistrung Schwingen
Ein träumend Heer von Kämpfern weckt.
Was liegt an uns? Ich seh' es kommen,
Daß noch die Freiheit unterliegt,

Weil, ach! von Opfermuth entglommen,
Kein Held das erste Schwert genommen
Und, wie das rothe Banner fliegt,
Den ersten Feindeshelm erfiegt!
Noch ist die Hoffnung nicht verloren,
Und sei's ein Wahn, den wir erkoren,
So blieb, das uns die Heimath gab,
Im Tod uns doch ein ehrlich Grab!"

Dem Andern gegensprach August:
„O glaube, Freund! die Kampfeslust
Ist minder nicht in mich gefahren,
Als sie erglüht in eurem Scharen.
Ja, gält es uns, den kleinen Schwarm:
Uns sollte nicht der Streit verdrießen;
Doch um die Sache trag ich Harm,
Wenn wir, von Jugendhitze warm,
Umsonst der Brüder Blut vergießen.
Ich hoffe Nichts von solchem Strauß
Wenn in die dunkle Nacht hinaus
Verlorne Kriegesrufe schallen,
Die Keinem in die Seele hallen.
Geläng' es selbst, mit kühnem Schlag
Aus dieser Stadt den Feind zu werfen:
Bei Gott! es wird der nächste Tag
Die Pfeile der Vergeltung schärfen.
Noch ist der Glaube nicht besiegt
An Fürstenherz und Fürstenworte,
Der Bürger noch und Bauer liegt,
Ein Knecht, an des Palastes Pforte,
Zuweilen knurrend nur im Schlaf,
Wenn ihn die Herrenpeitsche traf.

Drum rath' ich, Freund!" — so mit Verstand
Spricht er, zum Bleichen hingewandt —
„Daß ihr, bis sich das Träumen endet,
Nach Haus die Kampfgenossen sendet!"

Aufschäumt der zornige Gesell:
„Das alte Lied! ich merk' es schnell,
Ihr laßt es nicht zum Handeln kommen,
Bis uns die letzte Wehr genommen!
Ich glaube es wohl: Ihr haltet's aus
Am warmen Herd, im sichern Haus,
Wenn Unsereins in frost'ger Stube
Verhungern mag mit Weib und Bube.
Was gilt das Zimmer, schlecht verkleibt,
Was gilt uns all' die Noth da drinnen?
Wir haben Alles zu gewinnen,
Weil Nichts uns zu verlieren bleibt!
Mögt ihr am Siege feig verzagen:
Ich will mein Joch nicht länger tragen!
Der Schütze hier — der Gegner dort. —
Ich treff' ihn sicher! Das mein Wort!"

Schon will der Bursch vom Weserstrand
Dem Blassen in die Rede fahren,
Da winkt August, und mit Verstand
Weiß er sein Zürnen zu bewahren;
Indeß Lothar mit Eifer denkt,
Wie er den Mann zum Frieden lenkt,
Daß nicht in unbeglücktem Kriege
Die kühne Schar der Macht erliege.

„Wie dünkt euch Jener," hebt er an,
„Der, wenn er halb die Schlacht gewann,
Vertrauend blind den Zufallslosen,
Entfesselt läßt die Krieger tosen?
Wohl! euch gehört die künft'ge Welt,
Allein, um Welten zu ersiegen,
Darf nimmer ein Eroberungsheld
Den Wink der Klugheit überfliegen.
Ich weiß, o Freund! ihr zürnet nicht,
Daß wir des Herzens Zug bekämpfen,
Um heute noch den Brand zu dämpfen,
Der morgen schon im Zukunftslicht
Empor zur Siegesflamme bricht!
Fürwahr, die Stunde kommt nicht schneller,
Wenn ihr dem Zögernden mißtraut,
Weil unser Blick ein wenig heller
Ins dunkle Buch der Zeiten schaut.
Die Bildung ist ein traurig Recht,
Das von dem Armen uns geschieden,
Der, von des Zweifels Qual gemieden,
Den Säumer tadelt recht und schlecht.
Wir müssen, Groll und Scham bezwingend,
Das Antlitz bergen in die Hand,
Bis, von den Thürmen dumpf erklingend,
Der rechte Ton die Schläfer fand.
Drum mögt ihr immer uns vertrauen,
Bis wiederhallen Thal und Kluft,
Und in des Völkermorgens Grauen
Von Markt und Straße, Dorf und Auen
Die Trommel euch zum Kampfe ruft!"

Er schwieg. Der Bleiche trat heran
Und sah ihn scharfen Blickes an;
Dann brummt' er in den struppigen Bart:
„Recht gut gemeint! Doch ist es hart,
Aufs Neu' die alte Noth zu tragen,
Den Kampf noch einmal zu vertagen,
Der endlich wie ein Wetterschlag
Die Welt vom Elend säubern mag!
Bedenkt es wohl, wie lang', wie oft
Wir schon geharret und gehofft; —
Nun wieder hoffen, wieder harren?
Bei Gott! wir lassen uns nicht narren!
Verzeiht, und schaut so finster nicht,
So strafend gleich mir ins Gesicht,
Ich rede sonder Kram und Faxen
Ja nur, wie mir der Mund gewachsen.
Ihr meint es gut, ich sagt' es schon —
Sei's denn! es mag in stummer Frohn
Das arme Volk noch länger weilen,
Noch einmal frieblich heimwärts eilen.
Wir trauen euch — doch sorgt, daß bald
Der Schlachtruf von den Thürmen hallt!
Gut' Nacht!"

Der Andre bot ihm drauf
Die Hand, und Alle brachen auf.

Es hat die hohe Polizei,
Trotz Vaterlandesretterei
Und trotz der Kriegerwacht, der braven,
Gar fest in jener Nacht geschlafen.

Vielleicht noch, dass aus meinem Lied
Ein Untersuchungsgründchen sieht,
Um dir, Lothar! und meinen Helden
Den Hochverrathsproceß zu melden,
Und dass euch Strang und Pulver lacht
„In Sachen der Novembernacht!"

Das „Schweizerthal.“

's ist wieder März. Ein Jahr verstrich
Ein Stern erglänzte — und verblich;
Doch lächelnd unterm Himmelszelt
Träumt jungen Traum die alte Welt.
Natur ist ewig. Nimmer zag
Beginnt mit jedem Sonnentag
Sie neu den Kampf um ihren Frieden —
Denn nur dem Streit ist Sieg beschieden.
Wer schaute nicht ihr Heldenbuch?
Wer hörte nicht die Schlachtgesänge,
Die mit der Blüthen Siegesgepränge
Sie durch den Traum der Welten trug?
Natur ist ewig. Ihr Gestein
Erzählt, wie in vergangnen Tagen
Sie kühn des Feuers Macht geschlagen,
In tiefsten Grund es schloß hinein.
Nicht ruhen mag sie. Sie begann
Den Kampf mit Erzen und Basalten,
Und ließ die Kriegesgötter walten,
Bis sie der Rose Pracht gewann.
Sie ließ die Urweltskräfte brauen
Und sich in junger Schöpfung mühn,
Bis in des Werdens erstem Grauen
Der Mastodonten Blicke sprühn.

Brutus! schläfst du?   4

Und, ewig, ewig nie erschlafft,
Erschuf sie drauf in milder Kraft
Die Vögel unterm Himmelszelt,
Bevölkerte die Erdenwelt,
Bis sie zuletzt in stolzer Pracht
Das erste Menschenbild erdacht.
Natur ist ewig — denn die Liebe
Erhält ein kämpfend Weltgetriebe. —

Ich lad' euch ein, zu dieser Frist
Mit mir den Rhein hinaufzugleiten,
Wo sich Edwin, der gute Christ,
Und mein Lothar, der schlechte, streiten.
Sie fuhren heut den Strom hinan,
Den Bücherstaub daheim zu lassen,
Und in der Berge stillem Bann,
Da just die Ferienzeit begann,
Des Lenzes Reize zu umfassen.
Der Eine zwar versäumte gern
Die Haft der Professorenbänke,
Und suchte, von den Büchern fern,
Das Leben auf in Flur und Schenke;
Die böse Fama kündet gar,
Daß nie in ein Kolleg Lothar,
Das ein Professor las, gekommen, —
Den Gottfried Kinkel ausgenommen,
Der jüngst durch seine Freiheitsthaten
Die heil'ge Wissenschaft verrathen,
Die sich, gesetzt und ordnungsvoll,
Nicht um das Leben kümmern soll.

Der Andre war ein beſſrer Gaſt,
Der ſelten ſein Kolleg verſäumte:
Nur daſs er oft in ſpäter Raſt
Im Bett den Morgen ſüß verträumte,
Und dann, nach braven Schülers Sitten,
Zu Hauſe blieb und „nachgeritten.“
So ſchuſterte bei Tag Edwin
Des Corpus juris trocknes Leder,
Bis Abends dann Lothar erſchien
Und lachend ihm zerbrach die Feder,
Daſs ſie durchſchwärmten, Bruſt an Bruſt,
Des Lebens helle Jugendluſt.
Denn Beider Herz durchrauſchte leis
Der Dichtung Strom mit ſeinen Fluthen,
Und ſehnſuchtsvoll die Blicke ruhten
Auf fern erblühtem Lorbeerreis,
Das ſich in Träumen froh und bang
Der Hoffnung um die Stirne ſchlang.

Fürwahr, es liebten ſich die Zwei,
Wie nur im erſten Lebensmai,
Wo rings die Welt in Schimmer lag,
Ein Herz ein Herze lieben mag.
Vielleicht, daſs nur des Liebes Band
Um Beide ſeine Feſſeln wand,
Als es in ſtiller Wintersnacht
Zuſammen Geiſt und Geiſt gebracht.
Denn Wenig hatten ſie gemein,
Als Dichterluſt und Dichterſchmerzen,
Als e i n e s Himmels Sonnenſchein
Und e i n e r Sehnſucht Lenz im Herzen —

4*

Zu Wenig nicht und nicht zu Viel
Für einer Jugendfreundschaft Spiel!
Und doch, Lothar! Edwin! so treu
Ihr jetzt in Lieb' und Leid verbunden:
Der Zeit gedenk ich noch, da scheu
Der Blick des Andern Blick gefunden;
Wie mögt ihr glauben, daß fortan
Das arme Lied mit seinem Frieden
Auf immerdar zerbrach den Bann,
Der hier des Einen Wege spann,
Und dort des Andern Pfad geschieden?
Das Lied verbindet nur den Geist,
Solang der Dämmrung Träume walten,
Bis, von des Lebens Schwert gespalten,
Des Wahnes Truggewand zerreißt,
Und, länger nicht verdeckt gehalten,
Entblößt des schwarzen Mantels Falten,
Des Kampfes Stern am Himmel gleißt,
Der Jedem eigne Pfade weist.
Das Lied ist Traum, das Lied ist Schaum,
Es kommt und geht — du weißt es kaum;
Drum frisch des Lebens Glas geleert
Mit seinem Zaubertrank, dem bunten,
Mit Wein und Schaum und Hefe drunten,
Eh' Fluth und Glas zu Boden fährt!
Das Lied verbindet nicht — es wühlt
Sich nur in offne Jugendherzen,
Daraus die Fluth es weiter spült,
Die Lebensfluth mit ihren Schmerzen,
Bis uns dereinst das letzte Lied
In öder Einsamkeit entflieht. —

Ein schmucker Tag! Von Sankt Goar
Herüber glänzt die Sonne klar,
Daß an des andern Ufers Rand
Am Fels sich brechen ihre Strahlen,
Wo sich im Schlängelpfad, im schmalen,
An steilgethürmter Felsenwand
Das „Schweizerthal" hinunterzieht,
Und hoch „die Katz" zu Thale sieht.
Dort wandelt mit Lothar Edwin,
Die trägen Schritts die Straße ziehn,
Nachdem der lust'ge Adlerwirth
Der Schüsseln beste aufgeschirrt
Und reichlich auch des Weins gespendet,
Den ihm die eigne Flur gesendet.
Ob träg der Fuß die Schritte maß:
Der Geist doch nicht den Flug vergaß;
Denn hastig seh' ich sie im Steigen
Die Köpfe zu einander neigen,
Und bei der heißen Worte Fluth
Erglühn in ernstem Kämpfermuth.
Edwin dem Freunde streng verwies
Das ungebundne Jugendleben,
Der stolz den alten Pfad verließ,
Um sich dem Glauben hinzugeben,
Daß in der Tage Wuthgeschrei
Ein neues Ziel zu finden sei,
Und der des Brotes sichern Weg
Verschmäht um schwanken Zukunftssteg.

Lothar, entrüstet halb, begann
Den Fehdehandschuh aufzuheben,
Und ließ nach kurzer Ruhe dann
Den Blick empor zum Felsen schweben,
Wo Schwalbenlied und Lerchensang
In lust'gem Schlag herunterklang.
Er sprach: „Sieh hoch im Tannenbaum
Die Lerche dort am Felsensaum!
Sie säet nicht, sie erntet nicht,
Und doch ihr's nie an Brot gebricht —
So laß mich wie die Lerche sein:
Mein Lied erfülle Busch und Hain
Und . . . ."

„Eine faule Grille sang
Den ganzen lieben Sommer lang,"
Des Freundes Wort dazwischen klang.

„Meinthalb, Edwin! Ich frage nicht,
Ob wie der Grille mir geschicht?
Wer, in der Brust ein junges Lied,
Ein frisches Blut die Straße zieht,
Der soll nicht fragen und nicht sorgen,
Wo ihm des Herdes Platz geborgen.
Ich weiß, ihr lästert meine Art,
Weil ich den Kämpfern mich geschart,
Die mit dem alten Heim gebrochen,
Und kühn in offne See gestochen,
Wo schwarz die Welle rauscht am Kiel,
Und manch ein Schiff in Trümmer fiel;
Vielleicht auch meins — wer zittert da?
Ich weiß, daß ich die Küste sah!"

Er schwieg — doch allzu lange nicht,
Denn scherzend bald die Lippe spricht:
Ich habe weder Herd noch Haus,
— Ein irres Schiff, vom Sturm verschlagen —
Eins aber möcht' ich wohl dich fragen:
Wie steht's mit deiner Freiheit aus?
Ich meine nicht den Staub der Akten,
Die alte Herrn zusammenklackten,
Und meine nicht die liebe Noth,
Die euren Lebenspfad umdroht,
Bis ihr nach Auskultantentänzeln,
Nach Assessorenamtscherwenzeln
Zuletzt bekindert und beweibt
Höchsteigne Aktenhäuflein schreibt —
Ich meine just den Kern und Saft:
Den heil'gen Baum der Wissenschaft!
Befragt das Volk in Süd und Nord,
Erschallen wird ein einzig Wort:
Daß euer Recht das Volk verachtet,
Und längst nach neuem Pfade trachtet.
Denn todt ist eure Wissenschaft,
Ein Baum, erstorben Mark und Saft,
Ein dürres Holz — man soll's verbrennen!
Ein Fluch — man soll ihn nicht mehr kennen!
Die Sonne blieb am Himmel stehn,
Ob wir im Wahn auch tausend Jahre
Sie ließen um die Erde gehn;
Und ob ein Mensch gen Himmel fahre,
Ob Götter aus den Sternen sehn,
Ob wir das Wesen nicht verstehn —
Doch blieb, was einzig ist: das Wahre;

Das Leben blieb mit seiner Pracht,
Die Rose blüht, der Himmel lacht —
Was kümmert die, was wir gedacht?
Doch anders ihr! Verhalten muß
Ich meines Zornes wilden Guß,
Wenn ich bedenke, wie die Welt
Des Rechts durch euch in Trümmer fällt.
Was ist das Recht? ‚Ein irrer Schall,
Von uns harmonisch festgebunden —‘
So redet ihr . . . An seinen Wunden
Indeß, zertreten und geschunden,
Erstarb das Recht mit Kniefall.
Ich will euch künden, was das Recht,
Das ihr mit Frevelmuth zerbrecht:
Es ist des Volkes Sein und Leben,
Des Menschengeistes Frühlingsweben,
Ein Vorwärts, das die junge Zeit
Der todten in die Ohren schreit,
Es ist der Freiheit Schlachtgesang,
Der donnernd in die Nacht erklang!
Ihr aber seid die Schergenwacht,
Die seinen Leib zu Grab gebracht
Und täglich neu auf Ränke brütet,
Wie sie den Kerker streng umhütet.
Ja doch, ihr habt das Recht entweiht,
Geschändet sein Prophetenkleid,
Zerrissen frech sein Bannertuch,
Gehemmt der Seele Athemzug!
Ich sprach: die Sonne blieb bestehn,
Die Sterne auf und nieder gehn,
Ob wir auch Sonnen um Erden drehn —

Doch nicht das Recht! das Recht vergeht,
Wie Sand, der über die Dünen weht,
Wenn euer Treiben — o Tod und Pest! —
Des Herzens Ruf in Systeme preßt!
Ja, todt ist eure Wissenschaft,
Die, ewig starr, das Herz erschlafft,
Das Herz, das ewig und ewiglich
Zu neuen Bahnen beflügelt sich!
Ihr könnt, ihr könnt nicht vorwärts gehn,
Müßt feig nach jedem Gesetze spähn:
Ob nicht ein staubiges Pergament
Des Herzens Drange den Weg verrennt,
Ob nicht ein wurmzerfressenes Buch
Mit Ketten hindert den Geistesflug?
Wohlan, ihr habt das Recht verbannt —
So ziehen wir aus, das Schwert zur Hand,
Erlösen die Herzen aus Tod und Haft! —
Nieder die alternde Wissenschaft!"

Er sprach es mit erglühter Brust
In jauchzend wilder Zukunftslust,
Indeß im Baum die Lerche sang,
Der Waldbach von den Felsen sprang,
Und Blum' und Gras und Ginsterkraut
Neugierig fromm herniederlauschten,
Und lustig in den Jubellaut
Der Buche Friedenswimpel rauschten,
Als wollten sie mit Geisterklang
Ihn segnen auf dem Kämpfergang.

Edwin doch schwieg. Begeistert nun
Ließ auf des Freundes Blick den seinen
Lothar mit Schmerz und Freude ruhn,
Wie eben Wehmuthsblicke scheinen,
Die Lust und Trauer mild vereinen.
Edwin verstand des Freundes Wort,
Das lustig flog im Winde fort;
Doch glaubt' er nicht, daß solch ein Frieden
In tausendjähr'ger Frist beschieden,
Und lächelte vielleicht im Sinn,
Wie Jener durch die Rast der Zeiten
Die Blicke ließ hinübergleiten,
Die Hoffnung wiegend her und hin:
Daß heute — morgen — übermorgen
Der Liebe goldnes Schiff geborgen,
Das, annoch von des Hafens Ziel
So weit, so weit, mit schwankem Kiel
Der Stürme wechselvolles Spiel! —
Auch fühlte schmerzend oft Edwin
Der Wissenschaft verhohlne Leere,
Wenn Liebesklänge ihn umziehn,
Als lehrten Sehnsuchtsgeister ihn,
Daß größer doch das Leben wäre,
Als Vangerow's Pandektenlehre,
Als Hälschner, Blume, Walther, Sell,
Als todt und lebend Bücherfell.
Doch weh, zu ernstlich schon umspann
Der Professorenweisheit Bann

Des Knaben Geist mit ihren Netzen,
Der, von des Köders Trug gekirrt,
In deutsch, und römischen Gesetzen,
Von Lüge Herz und Aug' umflirrt,
Ein armer Fisch, verzappeln wird.

Sie gingen still das Thal entlang,
Und still hinauf den Felsenhang:
Bis sie, zu junger Lust entfacht,
Ein neues Lied gefühlt, gedacht,
Ein neues Wort, von Lieb' entglommen,
Den Beiden in das Herz gekommen,
Und sie, vereint in Treue fest,
Im Kampf versöhnt, im Frieden streitend,
Ins junge Moos herniedergleitend,
Die Sonn' um Rheinfels' Trümmerrest
Versinken sahn im fernen West.
Und droben noch die Lerche sang,
Der Waldbach von den Felsen sprang,
Die Welle rauscht, die Blume lauscht,
Und Well' und Blume Grüße tauscht,
Indeß zu Füßen tief der Rhein,
Beglänzt vom Abendsonnenschein,
Die Fluthen rollt durchs Vaterland
Hinab zum grünen Meeresstrand.

Vorwärts!

Gekommen ist der luft'ge Mai —
Das ist ein Leben, froh und frei!
Ersteht das Volk mit junger Kraft
Nicht stark aus seiner Kerkerhaft,
Und sprengt, von Freiheitsgluthen heiß,
Der Knechtschaft starres Wintereis?
Weht nicht ein frischer Morgenhauch
Durch Moderluft und Nebelrauch
Herüber schon von Main und Rhein,
Um in des Kampfes Sonnenschein
Vom Haß die Erde zu befrein,
Indeß, von Schwerterklang umhallt,
Der Liebe rothes Banner wallt? —

„Die Stunde kam, die Trommel klang,
Und „Freiheit" heißt der Schlachtgesang —
Wer mag zu Hause feig verbleiben,
Wenn sie mit Blut Geschichte schreiben?
August! wir müssen fort zum Streit,
Wo Sieg uns oder Tod bereit!"

So zu dem Freunde spricht Lothar,
Der aber hebt das Augenpaar,

Und sagt mit Ernst zugleich und Milde:
Bezähmen wirst du heut den Muth,
Und deine Thatenlust, die wilde,
Verhalten in der Seele Hut.
Schon hat der Feigheit Netz umsponnen
Das edle Volk auf Badens Flur,
Beendet früher, als begonnen,
Sieh jenes Krieges blut'ge Spur.
Du bist in Kämpfen nicht gereift
Mit deines eignen Herzens Drängen,
Und nur auf fliegenden Gesängen
In fernes Zauberland geschweift.
Abrechnend mit der alten Zeit,
Willst schnell du in die Zukunft wandeln,
Dich treibt hinaus ein mächtig Handeln —
Und auch das Handeln ist nicht weit.
Doch heute gilt es, schmerzensvoll
Der That auf kurze Frist entsagen,
Und tief verschlossen nur den Groll
In wunder Mannesbrust zu tragen.
Es gilt, im Kampfe Schritt um Schritt
Und Scholl' um Scholle zu erstreiten,
Und wenn der Feind uns niederstritt,
Der künft'gen That den Weg bereiten.
Da ist fürwahr des Dichters Geist
Zu anderm Kriegespfad berufen,
Der von zerfallnen Königsstufen
Zu neuem Bau die Stege weist.
Er soll in der Geschichte Buch
Die erzgehaunen Worte graben,
Für jeden Frevel einen Fluch,
Ein Lied für jeden Kämpfer haben,

Daß er die hingesunkne Welt
Im Kampfe nicht verzagen laſſe,
Und daß verſöhnend ſelbſt dem Haſſe
Ein Friedensſtrahl ins Auge fällt. —
O Freund! die Stirne runzle nicht,
Und laß von deinem Angeſicht
Des Zornes Fiebergluth verwehen,
Klar mußt du in die Zeiten ſehen!
Oft hab ich Schwärmer dich genannt,
Dich beſſer, als du ſelbſt, gekannt —
Warum der Klugheit dich verſtocken?
Dir wurden Töne, ſtark und weich,
Doch nimmer laß von Liebesglocken
Beſiegen dein Gedankenreich!
Nicht trüber wird die Luſt, nicht ärmer
Das Herz — was opfert denn der Schwärmer?
Wohlan, ſo folge meinem Wort:
Laß mich allein zum Kampfe fort!"

Er ſchwieg. Bei ſeiner Rede war
In Leid verſunken kurz Lothar;
Er wurde roth und wurde blaß,
Und hoffte gläubig Dies und Das,
Bis ernſt und ſchweigend er zum Schluß
Dem Freunde bot den Abſchiedsgruß.

Fortging Auguſt. Die Kunde kam,
Wie draußen er in Krieg und Wettern
Sich manchen blut'gen Lorber nahm,
Den fernſte Tage nicht entblättern;

Wie er zuletzt mit Tiedemann
Gefochten noch auf Rastatt's Wällen,
Bis zähneknirschend, Mann an Mann,
Im Kampf erlagen die Rebellen;
Und wie, gefangen, er entwich,
Ein Flüchtling durch die Lande strich,
Das freie Haupt vor Tod und Ketten
In freier Berge Schutz zu retten. —

So kam der Herbst. Nicht müßig war
Indeß gewesen mein Lothar;
Er stand auf andrer Bühne Brettern,
Und lustig hieb mit blankem Schein
In anderm Krieg und andern Wettern
Er mit des Geistes Klinge drein;
Denn täglich ließ er hier und dort
Erschallen Lied und Männerwort,
Die Starken fester und die Schwachen
Zum Kampfe selbst beherzt zu machen.

O laßt mich schweigen von dem Haß,
Der ihm—wie oft!—den Pfad durchschnitten,
Wenn für das Volk er, nimmer laß,
Fürs Recht gestritten und gelitten;
Denn andrer Stachel schlug ihm doch
Die Wunden, die zutiefst ihm brannten:
Das Wort von Jenen, die sich noch,
Wie ehmals, seine Freunde nannten.
Verdrossen schaut' er sie und träg
Die altgewohnten Pfade wandeln,
Ob auch den Geist zu neuem Weg
Gespornt ein ruheloses Handeln.

Es flog die Zeit mit rascherm Schritt,
Die jungen Herzen flogen mit,
Doch Jene blieben, was sie waren:
Gleichmüthige Studentenscharen!

So auch Edwin. Mit stillem Schmerz
Sah er den Freund sich rasch entfalten,
Indeß sich um das eigne Herz
Der Ueberliefrung Fänge krallten,
Die in verloschnen Glaubens Haft
Ihn tiefer stets zurückgerafft.
O Jugendfreundschaft! wie verweht
Dein Kranz bei ersten Sturmes Wettern,
Wenn krafterprobend in den Blättern
Der falbe Hauch des Herbstes geht!
Dich liebt der Knabe, der sich gern
Mit Rosen kränzt die blonden Locken,
Und der des Himmels schönsten Stern
Einflicht in seiner Träume Flocken;
Doch schnell entflieht der goldne Schein.
Der Mann erwacht — und steht allein

So kam der Herbst. Die Traube hing
Schon leis geröthet an den Reben,
Und durch die Ährenfelder ging
Der Erntesichel tödlich Schweben,
Und dunkler trug der grüne Rhein
Die Wogen in das Meer hinein.

's war früh am Tag. Am Fenster stand
Lothar und schaute trüb ins Land,
Das weiß erglänzt im Morgenschein . . .
Da klopft es an die Thür — „Herein!"
Und in das Zimmer schreitet schnell
Der Universitätspedell.

Es kennen besser sich fürwahr
Die Beiden, als gewünscht Lothar;
Der liest im Angesicht des Alten
Der strengen Pflicht geheimste Falten:
„Um Elf erscheine Herr Lothar
Vorm ‚Akademischen' — nicht wahr?
Warum? weshalb? zu welchem Frommen
Ist Räthsel? — Gut, ich werde kommen!"

Er kam. Und das Verhör begann,
Ein quällend Hin- und Wiederfragen,
Ein täppisch In-die-Netze-Jagen,
Damit der Frager Nichts gewann. ·
Zuerst: „Ich heiße so und so,
Wie längst ein hoher Richter wissen;
Auch meine Heimat, so und so,
Hab' oft ich hier schon nennen müssen;
Ich bin getauft auf Das und Dies,
Und seit die Schule ich verließ,
Steh' ich in Dero Vaterhand,
Wie edlem Richter längst bekannt.
An Sünden hab ich's schlimm getrieben,
Ich ward bestraft zum vierten Mal,
Doch — in den Akten längst geschrieben
Steht meiner Frevel Art und Zahl."

Der Richter ward vor Ärger blaß,
Verbat sich dringend alle Glossen,
Und forschte weiter Dies und Das,
Daraus er arges Thun geschlossen;
Bis er zuletzt, des Fragens matt,
Entfaltete ein Zeitungsblatt,
Darin, gedichtet von Lothar,
Ein zürnend Lied zu lesen war.
„Zu welchem Zwecke," fragt er, „druckt
Man solch rebellisches Produkt?"

Der Andre drauf: „Geschlagen ist
Das Vaterland zu dieser Frist
In toller Selbstvernichtung Ketten,
Zu träger Sklavenruh' verdammt, —
Da ist des Dichters heilig Amt,
Den Ruf der Menschlichkeit zu retten.
Verzeihen mocht' ich, wenn im Streit
Die Schwerter hell zusammenklangen,
Und wenn begrabner Herrlichkeit
Ein Rachelied die Kämpfer sangen;
Doch ewig klagen wird das Herz,
Wenn sie, das Siegesfest zu krönen,
Mit gift'gem Todespfeil den Schmerz
Des Überwundnen noch verhöhnen.
Da wirft sich in die Gluth hinein
Des Dichters Lied mit seiner Milde,
Und löscht des Bruderhasses Schein,
Und deckt die Wunden mit dem Schilde,

Daß still der letzte Schmerz verglüht
In neu gewobnem Völkerbunde,
Und auf des Todtenhügels Runde
Im Lenz ein Liebesröslein blüht.
Ihr aber haßt den freien Sinn,
Der sich zu höhrer Lust beflügelt,
Und, nicht von eurer Hand gezügelt,
Auf Lichtespfaden braust dahin.
Ihr wollt die Jugendkraft zerbrechen,
Daß wir gefügig, still und zahm
Die That der Lüge heilig sprechen,
Die unser Recht zu tödten kam;
Daß wir vor staubigen Gesetzen
Mit fromm verdrehtem Auge knien,
Und vor des Königsmantels Fetzen
Mit heil'ger Scheu die Hüte ziehn!
Mich zwingt ihr nicht in euren Kreis,
Denn Dunst ist eure Götterwolke —
Der jungen Freiheit sing' ich Preis,
Mein Lied und Leben ist dem Volke!
Mögt ihr verdammen meine That —
Wohlan, ich scheide gern von dannen,
Verderben rufend den Tyrannen,
Und Heil der jungen Völkersaat!"

Verwundert schaute sich und dumm
Im Saale drauf der Richter um.
In Falten legt er sein Gesicht,
Verschiebt das Brillenglas und spricht:
„Was nützt das eitle Verseschreiben?
Sie sollten ernstre Dinge treiben.

5*

Unziemlich ist, daß ein Student
Sich schon mit Politik befasse
Und lange Reden hören lasse,
Obgleich er kaum den Plato kennt.
Sie müßten Kenntnis sich erwerben
Von alt' und neuer Sprachen Bau,
Statt uns die Jugend zu verderben,
Die längst im Lernen träg und lau.
Wir sind es schuldig unsrer Pflicht,
Daß solchen Unfugs Lehren nicht
Im jungen Blute Wurzel fassen —
Sie sind auf Weiteres entlassen!"

Er ging. Nach wenig Tagen hat
Lothar das Relegat bekommen,
Weil fast ein halber Hochverrath
In seinem Liede wahrgenommen.
Er ließ vergnügt das fremde Haus —
Im Wald die Vöglein musicierten
Und in des Rheines Fluthgebraus,
In Wind und Sonnenschein hinaus,
Pfiff er das

Lied des Relegierten.

Der Morgen glänzt, der Nebel flieht,
Es muß geschieden sein;
So sing' ich euch ein letztes Lied,
Und dann — hinab den Rhein!

So wild die Woge brauſt und ſchäumt:
  Sie hält mich nimmer auf!
Die Freiheit kommt, derweil ihr träumt,
  Wohlauf, mein Schiff, wohlauf!

Leb wohl, du ſchöne Stadt am Rhein,
  Geſegnet ſei dein Port!
Hinab den letzten Becher Wein,
  Und dann — auf immer fort!
Lebt wohl, ihr ſchmucken Dirnen all',
  Student und Proletar,
Und denkt bei Spiel und Gläſerſchall
  Der Freiheit immerdar!

Und ihr auch, die mich fortgeſandt,
  Lebt wohl, ihr weiſen Herrn!
Was ſchiert mich Kreuz und Ordensband?
  Mir blinkt der Freiheit Stern!
Durch Nacht und Dunkel glänzt ſein Licht
  Am fernen Himmelszelt —
Ich lieb' euch nicht, ich haſſ' euch nicht,
  Noch ſteht mir frei die Welt!

Ich bin ein friſch Poetenblut,
  Das härmt ſich nicht ſo bald.
Ihr zähmt mir nicht den Jugendmuth,
  Ihr Herzen, trüb und kalt!
Mir klingt ein Lied aus Blum' und Stein,
  Aus Wald und Wieſenbach,
Das ſing' ich luſtig übern Rhein,
  Das hallt das Echo nach.

Der Morgen glänzt, der Nebel weicht,
  Es muß geschieden sein;
Mein Herz ist froh, mein Sinn ist leicht —
  Leb wohl, du Stadt am Rhein!
So wandr' ich in die weite Welt
  Mit ungehemmtem Lauf;
Hell blinkt mein Stern am Himmelszelt —
  Wohlauf, mein Schiff, wohlauf!

III.
Zwischen Nacht und Tag.

Im Vaterland.

Ihr mögt es glauben oder nicht:
Ich bin ein ehrlich Angesicht,
Das niemals in der Zeiten Haß
Der Liebe sanftes Wort vergaß.
Ich lernte wohl, in Kampf und Wettern,
Ein Fechter, auf der Bühne stehn;
Doch lieber mag von Rosenblättern
Ich meine Stirn umwunden sehn,
Wenn aus dem Erlenbusch im Hag
Herübertönt der Amsel Schlag.
Nur Eines kann ich nicht verstehn:
Daß grämlich, mit erloschnen Blicken,
Die Künstler heut nach Hause gehn,
Und gar die Zeit zum Teufel schicken,
Weil diese, ganz aus Erz gegossen,
Dem Ruf der Kunst das Ohr verschlossen.
Sie hören nicht, daß Sang und Klang
Melodisch rauscht die Welt entlang,

Ein neues Licht auf neuen Bahnen,
Von besserm Ziel ein trunknes Ahnen.
Es ist die Gegenwart ein Wald,
Darin in Bildern und Gedanken
Das Lied der Poesie erschallt
Und sich der Dichtung Blumen ranken;
Drin, ob es donnert, ob es blitzt,
Prophetisch bald im Sang erklingend,
Bald wieder Trauerweisen singend,
Der goldne Wundervogel sitzt,
Und sich die Brust im Sange ritzt.
Sie hören wohl das junge Lied,
Das lächelnd seiner Wege zieht,
Und das die jungen Bursche pfeifen,
Wenn sie durch Wald und Felder schweifen —
Doch solch ein Lied, sie achten's nicht,
Und murren: „Ein Tendenzgedicht!"
Fürwahr, ein tolles Wort: Tendenz,
Das wir mit lust'gem Sinn empfangen,
Und das ein wunderbarer Lenz,
Mit tausend Blüthen reich behangen,
Die bald am Zweig als Früchte prangen.
Wir sind es müd, ein Herrenwild,
Die Schlacht der Fürsten nur zu schlagen,
Und, hingesunken auf's Gefild:
Warum wir fielen? uns zu fragen.
Wir fordern, daß die künft'ge Zeit
Zerschmettre die Vergangenheit!
Hie unser Banner! seht es kühn
Im weißen Morgenlicht erglühn;
Und eures dort am Thurme, nennt's!
Wir folgen nur dem Ruf: Tendenz! —

Träg ward die Zeit. Der Winter zog
Vorüber mit gemeſſnem Gange,
Derweil mit thränenfeuchter Wange
Ihr Haupt die Freiheit niederbog
Und trauernd in die Weite flog.
Allüberall zertrat der Hohn
Des Volkes Recht mit tollem Wüthen,
Und ließ den blutbefleckten Thron
Von Galgen und Schafott behüten.
Nur um die tiefe Mitternacht
Erſtiegen Geiſter aus dem Grunde,
Durch Fürſtengnade ſtumm gemacht,
Auf Stirn und Bruſt die offne Wunde:
Und dräuend wieſen ſie zuhauf
Nach eines Königsſchloſſes Blinken,
Und hoben ſtumm die Hände auf,
Und ließen ſtumm ſie wieder ſinken,
Bis einſt das Volk den Wink verſteht,
Und blut'ge Todesgarben mäht.

Lothar indeß durchſtrich das Land,
Und ſchlug mit Schergen ſich und Pfaffen,
Die zu verlaſſnem Glaubensſtrand
Umſonſt die junge Menſchheit raffen.
Er ſprach von Erdenluſt ein Wort,
Das in die Geiſter hell gedrungen,
Und von dem engen Saale fort
In alle Welt hinausgeklungen;
Ein Wort, das jedes Herz verſteht,
Wenn ſchneller ihm die Pulſe pochen,
Und das, begeiſtrungsvoll geſprochen,
Mit Jubel durch die Lande geht:

„Ein Weltenglaube will zerfallen,
Ein tausendjährig Licht verwehn;
Kaum daß noch in den Tempelhallen
Gen Himmel fromm die Blicke sehn.
Ist jede Hoffnung nun entschwunden,
Daß sich die irre Völkerschar,
Zu einem Liebesfest verbunden,
Vereint an neuem Brandaltar?
Des Bibelbuches letztes Wort
Entflattert morgen schon im Winde —
Doch aus dem Wipfel klingt der Linde
Das Lied der Weltversöhnung fort.
Es ward mit andrer Lehre Spruch
Ein Buch vor unserm Blick erschlossen:
Der Weltbetrachtung offnes Buch,
Darin der Zukunft Siege sprossen,
Und selber kündet uns die Welt,
Daß jeder Wahn in Trümmer fällt. —
Es stieg von lichter Wolke Thron
Mit eines ganzen Himmels Frieden
Zu uns herab der Gottessohn,
Dem heilig Mittleramt beschieden;
Denn unbeweglich ruhte fest
Der Erdenball zu unsern Füßen,
Der Sonnen um sich kreisen läßt,
Und den Kometenfeuer grüßen: —
Wir aber schauten unverwandt
Hinüber in das Sterngewimmel,
Und sahen Himmel nur und Himmel,
Wo einst der Thron des Höchsten stand;

Und wo ein Paradies geschwebt,
In tausend Sterne nun zerronnen:
Da wandeln Sonnen heut um Sonnen,
Soweit der Geist den Fittig hebt.
Die kleine Erde ward zerhaucht,
Ein Nebelfleck in weiter Ferne,
Und eine andre Sonne taucht
Empor, und Monde rings und Sterne.
Hinauf, der Erdenfessel los!
Wir fliegen mit des Lichtes Pfeilen,
Von einer Welteninsel eilen
Wir in der andern Insel Schoß.
Die letzte Grenze ward zerschlagen,
Gesprengt das letzte Himmelsthor,
Und in die fernste Ferne tragen
Uns Geisterschwingen licht empor!
Unendlichkeit! in leichtem Spiel
Zerbrach den Glauben dein Gedanke —
Den Menschen hindert nur die Schranke,
Wir athmen freier, da sie fiel!
In Weltallsträumen ist geschieden
Der Menschenseele Lust und Gram —
Das ist die Wahrheit in dem Frieden,
Der von dem Himmel niederkam.
O, steiget kühn mit uns empor
Zu ungemessnem Ätherraume,
Und lasst euch wecken aus dem Traume,
Darin sich euer Herz verlor!
Ihr könnt der Welt beweisen nicht,
Daß selber die Gestirne lügen,
Daß Gläser necken, Zahlen trügen,
Und daß der Himmel Täuschung spricht.

Die alte Erde zeigt uns wieder,
Des alten Himmels Melodien!
Dann sollen junge Weihnachtslieder,
Ein Bußgesang, die Welt durchziehn! —
Doch eures Gottes Kraft zerbricht
Ein Tropfen Thau im Kelch der Rose,
Der besser uns, als Christ und Mose,
Von tiefstem Weltgeheimnis spricht. ·
Ihr seht die Perle glänzend hangen,
Und fraget nicht: wer sie erschuf?
Weil auf der gleichen Kräfte Ruf
Atome liebend sich umfangen.
Und wenn, vom Morgenhauch geschwellt,
Der Thau zur Erde hingeflogen:
Ihr wißt, daß aus dem Rosenzelt
Dieselbe Macht ihn fortgezogen.
Ihr starrt gedankenlos hinaus
In Thau und Winterschnee und Regen,
Die von der Wolkenkreise Wegen
Hinabgelockt der Erde Haus:
Doch wandeln Sonnen heut um Sonnen,
Und ziehen Sterne ihre Bahn,
So habt ihr frommen Spruch ersonnen:
‚Das hat ein weiser Gott gethan!'
Ein todtes Werk in Künstlers Hand,
Darin der Kräfte Räder laufen —
Wie mögt in frevlem Kindestand
Ihr so die grüne Erde taufen?
O, seht der Wiesenhalme Zier,
Wie Zelle sich an Zelle wendet,
Und eine Weltenschöpfung hier
Sich still geheimnisreich vollendet.

Mehr ist Natur, als Stein und Erz,
In eines Bildners Hand gegeben —
Sie rauscht Gedanken allerwärts,
Ist Werk und Künstler, Sinn und Leben!
Wie einst der alten Götter Kranz
Des e i n e n Gottes Reich erlassen:
So wird in dieser Tage Glanz
Das letzte Gottesbild verblassen;
Denn eine jugendliche Welt
Ersteht nach ewigen Gesetzen,
Die in der Liebe goldnen Netzen,
Atomen gleich, Planeten hält!
Und mit der alten Glaubenszeit
Versinkt der Himmelslehre Frieden,
Dass, von der Erdenwelt geschieden,
Ein Gott uns sein Gesetz verleiht.
Wie in der Weltenschöpfung Fülle
Der erste Falter brach sein Haus,
So flattert aus des Sarges Hülle
Der letzte Schmetterling hinaus:
Doch in der Menschheit nimmer tritt
Der Eine in des Andern Stelle,
Dass, wenn hinab die Woge glitt,
Nachtauchte bloß die nächste Welle;
Wir nehmen aus verklungner Zeit
Die ganze Erbschaft froh entgegen,
Und schaffen Lust aus ihrem Leid,
Und schaffen Heil aus ihrem Segen.
Der Irrthum ist des Menschen Recht
Zu lebensvoller Weltgestaltung,
Und von Geschlechtern zu Geschlecht
Vollendet sich die Geistentfaltung.

Ob tausendmal im Dämmerlicht
Gesetz und Sitte schon zersprungen:
Die Kämpferseele rastet nicht,
Bis einst der letzte Wahn bezwungen;
Bis eine fluchbefreite Welt
Zerschlug des Hasses letzte Waffen,
Und im Zerstören oder Schaffen
Das Recht des Geistes heilig hält.
Die Brücke der Befreiung trägt
Kein Wunsch hinüber zu den Sonnen,
Weil ewig uns mit Schmerz und Wonnen
Der Erde Band in Fesseln schlägt: —
Doch segnend aus dem Weltgetriebe,
Erlöst den Menschengeist die Liebe!
Denn was Atome dort verband,
Was Sterne führt am Himmelsrand:
Verbindet Herzen hier und Herzen,
Entzündet rings der Freiheit Kerzen,
Daß Jubel wird der Erde Leid
Und ihre Fessel Seligkeit!
Erst wenn uns Liebe still erhält,
Daraus der Weltenbau gesprungen,
Ist uns der letzte Sieg gelungen,
Und festgegründet wie die Welt!" —

Träg blieb die Zeit. Der Winter schwand,
Der Frühling kam, und ging zu sterben,
Und mählich schon im Sonnenbrand
Begann sich gelb die Flur zu färben.
Von Land zu Lande strich Lothar,
Das Wort der Liebe rings verkündend,
Und stolze Hoffnungslust entzündend,
Wo fast die Gluth erloschen war.

O Segen, wer in solcher Zeit
Die Bruft vom Haffe hielt befreit,
Der über schimmerndes Gelände
Verwesung in die Freuden haucht,
Und seine mordbefleckten Hände
Noch in das Blut der Opfer taucht,
Das friedelos gen Himmel raucht!

Es war am Rhein. Vom Himmel floß
Der letzte Sonnenstrahl, und goß
Hinab sein flüffig Abendgold,
Das leuchtend in die Fluthen rollt.
Lothar am Rheinesufer stand,
Gen Westen trüb den Blick gewandt,
Dahin er heut in rascher Flucht
Sich vor dem Haß zu retten sucht.
Ihn hat verbannt ein Fürstenwort,
Weil er, von Freiheitsgluth durchdrungen,
Gen jeden Frevel fort und fort
Des Rechtes schneidig Schwert geschwungen,
Und ferne soll im Morgenschein
Ihm schon des Rheines Welle sein.
Er hat vernommen, daß August
Die Schweiz verlaffen jüngst gemußt,
Und nach der Weltstadt, nach Paris,
Den Freund die Frühlingssonne wies.
Dahin auch treibt es ihn hinaus,
Ein junges Kämpferloos zu wählen,
Und in der Fremde sicherm Haus
Zu neuem Streite sich zu stählen.

Doch einmal noch dem Vaterland
Will er ein letztes Grüßen sagen,
Eh' morgen ihn zu fernem Strand
Des Eisenrosses Hufe tragen.
Gelehnt auf seinen Wanderstab,
Denkt er der Tage, die entschwunden,
Und die in gut' und bösen Stunden
Der Heimat Leid und Freude gab.
Er denkt, wie er so manche Nacht
Am Rheinesufer still gesessen,
Und in der Berge waldiger Pracht
Den letzten Schmerzensschrei vergessen;
Wie er, von Wellensang umrauscht,
Die Sonne sinken sah und steigen,
Und in den golddurchglänzten Zweigen
Des ersten Vogels Lied erlauscht;
Und wie er dann im Lichtesglanz
Den Felsenpfad hinabgekommen,
Und zu der Hütten weißem Kranz,
Ein früher Morgengast, gekommen,
Wo fröhlich er mit Wirth und Knecht
Getheilt den Imbiß schlecht und recht.
Wie anders heut! Die Sonne schied —
Er merkt es kaum, daß sie gegangen;
Der letzte Vogel sang sein Lied —
Er hört es nicht; die Welle flieht —
Und bleicher werden seine Wangen.
Die Seele trüb, das Auge hohl,
Sah ich sein Bild im Dunkel ragen;
Und seine stummen Blicke sagen
Dem Vaterland ein

Lebewohl.

Da steh' ich wieder am Rhein, am Rhein,
　　Und schau' in die dämmernden Wogen —
Bin lange mit Haß und Lieb' allein
　　Durch ferne Länder gezogen!

Von Ort zu Ort, wie ein müdes Wild,
　　Gehetzt nach Süden und Norden,
Wenn der Winter stürmt, wenn die Traube schwillt
　　An des Rheines lächelnden Borden!

So steh' ich am Strom in der kalten Nacht,
　　Ein finstrer, bleicher Geselle,
Und es kocht die Seele, von Schmerz entfacht,
　　Wie drunten die schäumende Welle.

Ein kurz Gebet, wie der Zorn es spricht —
　　Dann wieder hinaus in die Ferne,
Wo kein Freund zum Kranze die Blüthen flicht,
　　Wohin mich lenken die Sterne!

Zum letzten Male leb wohl, o Rhein —
　　Einst kehr' ich wieder zum Kampfe,
Wenn die Schwerter hallen im Morgenschein,
　　Und die Erd' im Roßgestampfe!

Er sann das Lied, und sprach es kaum,
Dann fuhr er auf in düsterm Traum;
Er biß die Lippen, kalt und blaß,
Von keinem Thau die Wimper naß;
Die aufgehobne Rechte wies
Empor gen Westen — Nach Paris!

6*

In der Fremde.

O Flüchtlingszeit, du schlimme Zeit,
Um dich nun trag' ich Angst und Leid.
Ich lieb' es wohl, mit kurzer Rast
In fernem Land umherzufahren
Mit frischem Sinn und jungen Jahren,
An fremdem Herd ein lieber Gast.
Doch anders, wenn der Knechtschaft Wort
Verstieß vom eignen Herde fort,
Daß er, dem Bettler zu vergleichen,
Der um ein Liebesmünzlein fleht,
Auf seiner Stirn des Schmerzes Zeichen,
Vor fremder Thüre betteln geht!
O Gott! wie Manchen sah ich nicht,
Verhüllt das stolze Angesicht,
Die Heimat fliehn mit Herzenspochen,
Heut erst gebeugt, doch bald gebrochen!
Er ging, das Auge düster-hell,
Die Stirne bleich, geballt die Hände,
Und hoffte, daß er drüben fände
Der jungen Freiheit Lebensquell;
Doch traf er auch am Seinestrand,
An England's weißer Friedensküste,
Ein Volk, dem eignen Schmerz verwandt,
Das stumm den stummen Fremdling grüßte,

Das Jenem gleich gekämpft, gestritten,
Und Jenem gleich in Schmach gelitten.
Wie oft er still geweint, wie oft
Die Faust er hob — wer mag es sagen?
Wer weiß, wie lang' er noch gehofft,
Bis jeder Hoffnung Trost erschlagen, —
Und so geknickt, verlassen so,
Zuletzt ihm selbst der Haß entfloh!

Und wahrlich, die in solcher Nacht
Das arme Herz zur Ruh' gebracht:
Es waren nicht im Vaterland
Die schwächsten von den Freiheitssöhnen,
Wir hörten oft, von Gluth entbrannt,
Ihr Wort im Tageskampf ertönen,
Das sich mit männlich stolzem Klang
Hinüber in die Herzen schwang,
Und manche Brust, der Kraft bewußt,
Erglühen ließ in Schlachtenlust! —

„Paris! Du stolzer Freiheitshort!"
Wie anders klingt dies Zauberwort
Daheim an stillen Herdes Ruh',
Als in der Weltstadt offnen Gassen,
Wo arm und ärmer immerzu
Der Heimat Träume bald verblassen;
Wo sich ergießen Tag um Tag
In breitem Strom die Menschheitswogen,
Und doch mit seiner Ruthe Schlag
Ein Narr die kluge Welt betrogen.
Paris! du Rom der jungen Zeit,
Du wandelst heut im Trauerkleid,

Von Asche fahl das edle Haupt,
Des Schwertes gar die Hand beraubt,
Das lange Haar verstreut im Winde,
Das Aug' umflort von schwarzer Binde!
Man sagt, du wurdest alt und grau . . .
O, steh empor, du heil'ge Frau,
Im Zorne schüttelnd deine Locken
— Das klingt wie Ruf der Sturmesglocken! —
Die Binde reißend vom Gesicht
—Das schallt, wie wenn man Ketten bricht! —
Das Auge hell von Haß entbrannt
— Das glüht wie rother Fackelbrand! —
Bei Gott! so solltest du erstehn,
Und sich die Völker wecken sehn,
Ein Schlachtruf durch den Erdenraum,
Und dann ein Siegen wie im Traum,
Ein Grüßen hier und Grüßen dort,
Und rings ein einig Jubelwort:
„Dies Hoch der Republik! Und dies
Der Weltbefreierin Paris!" —

Es brachte, wie Lothar, August
Noch manchen Traum der Hoffnungslust
Hinüber in das fremde Land,
Auf künft'ge Zeit den Blick gewandt.
Wie schlug in Sehnsucht Beiden nicht
Das Herz im Mittagssonnenlicht,
Als von des Ruhmestempels Zinnen
Sie auf die Fluth herniedersahn,
Die drunten sich auf weitem Plan
So oft in muthigem Beginnen
Gewußt der Königsburg zu nahn!

Denn ewig siegen wird Paris,
Trotz Festung, Kriegsrecht und Verließ,
Sobald der Vorstadt braune Massen,
Dem dumpfen Kellerraum entflohn,
Den rost'gen Flintenlauf erfassen,
Der oft im Kampf erblitzte schon
Und niederschlug den Fürstenhohn!

Umglüht vom Sonnenlichte klar,
Vom Thurme hoch begann Lothar:
„Du ew'ge Stadt! ich grüße dich,
Ein Wandervogel aus der Ferne,
Der, folgend deinem Ruhmessterne,
Der Heimat theurem Grund entwich,
Und glaubensvoll gen Westen strich!
Du bist der Weltgeschichte Herd,
Darauf der Zukunft Sterne glühen:
Ein glänzendes Rebellenschwert,
Den letzten Thron in Staub zu sprühen;
Du bist der Völker Trost und Licht,
Wenn ihrer Freiheit Glanz zerbricht!
Ich grüße dich, du ew'ge Stadt,
Mit deinem Schmerz und deinem Ringen,
Mit Lust und Glanz und Gläserklingen
Und deiner jungen Völkersaat!
Ich grüße dich, o Seinefluß,
Mit deiner Wogen lichtem Guß,
Der um die Königsburgen springt,
Und um des Armen Hütte klingt!

Und dich auch grüß' ich, Proletar,
In deines luftigen Daches Kammer,
Mit Axt und Beil, mit Säg' und Hammer,
Die Stirne bleich und wirr das Haar!
In deine arbeitsmüde Hand
Ist heut der Zukunft Loos gegeben,
Du wirst für dich die Schätze heben,
Die lang' ein fremder Arm entwandt.
Ich weiß: sie haben dich verklagt,
Wenn du, entfesselt deiner Schranken,
Im Streite laut das Wort gesagt,
Davon der Ordnung Pfeiler wanken;
Das Wort, davon die alte Welt
Der Sklavenzeit in Trümmer fällt,
Das dir zum Kampfe Muth verlieh —
Der Zukunft Losung: Anarchie!
Uns aber rauschte segensvoll
Dies heil'ge Wort auf allen Wegen,
Durch Brudermord und Haß und Groll,
Ein Friedensengel, licht entgegen.
Umirren muß von Land zu Land
Die Freiheit als verklungne Sage,
Bis, wie am ersten Schöpfungstage,
Die letzte Menschheitsfessel schwand;
Bis von dem letzten der Gesetze
Der Krückenstab zu Boden liegt,
Und aus zerbrochnen Wahnes Netze
Der Falter Geist gen Himmel fliegt,
Sich frei in freien Lüften wiegt!"

Nachsinnend gegensprach August:
"O sehnsuchtsheiße Menschenbrust,

Wie bist du heut mit deinem Drängen
Zu träger Hoffnungspein verdammt,
Indeß in stürmenden Gesängen
Der Liebesgluth Erwartung flammt!
Du betest um Gestalt vergebens
Für deiner Träume Farbenspiel —
Kaum daß am Abend deines Lebens
Vom Licht des künst'gen Morgenbebens
Ein matter Strahl hinüberfiel!
Denn unerbittlich ist die Zeit,
Die, gleich Saturn die eignen Söhne
Verschlingend, sie dem Tode weiht,
Damit der Sieg den Vater kröne.
Willst du um eine Stufe kaum
Die Menschheit sehen sich entfalten:
So opfre deinen schönsten Traum,
Und laß in deiner Seele Raum
Zerstörungsgötter schmerzlich walten.
Ein jeder Lichtgedanke schwingt
Hinaus sich in die Kämpferbahnen,
Die Geister um Gestalt zu mahnen,
Bis er in alle Herzen klingt;
Doch glaube nicht, daß über Nacht
Der alte Bau zusammenkracht,
Und dich, in Sonnenglanz geborgen,
Begrüßt ein junger Lebensmorgen!
Es gilt ein Harren, bang und still,
Wenn in des Weltenlebens Fülle
Sich aus verborgner Knospen Hülle
Ein neuer Lenz entfalten will.
Da muß der Winter erst zergehen
Und wärmer erst die Sonne glühn,

Bevor aus Schnee und Frosteswehen
Begrabne Blumen auferstehen,
Und mit dem erſten Blättergrün
Dem Lichte hell entgegenblühn!" —

Ein Jahr vorbei . . . und noch ein Jahr . . .
Umhüllt vom Mantel, ging Lothar
Allein durch finſtrer Straßen Schacht
Nach Haus in ſpäter Mitternacht.
Kalt pfiff der Wind. Vom Himmel fiel
Der Schnee herab in dichten Flocken,
Und legte ſich in neckiſchem Spiel
Dem Wandersmann um Bart und Locken.
Und wie er nun mit feſtem Tritt
An Saint-Louis vorüberſchritt,
Sah neben ſich er einen Zweiten
Unheimlich ſeinen Weg begleiten.
Stark war die mächtige Geſtalt,
Das Haupt von ſchlichtem Haar umwallt,
Und unter buſchig finſtern Brauen
Ein funkelnd Augenpaar zu ſchauen.
Wie jetzt Lothar dem ſeltnen Gaſt
Entweicht, zum Strand die Schritte lenkend,
Vertritt ihm Der den Weg, und faßt
Am Kleid den Fliehenden mit Haſt,
Und ſpricht, den wucht'gen Hammer ſchwenkend:
„Ei, feines Herrchen, wartet doch!
Ob Ihr den Armen auch vermeidet:
Mit Euch zu reden hab' ich noch,
Eh' ſich mein Weg von Eurem ſcheidet.

Seht her, Ihr tragt ein fein Gewand,
Mir fehlt das Tuch, den Leib zu decken —
Muß ewig denn der vierte Stand
Im Frost die matten Glieder strecken?
Wir tauschen, denk' ich . . . Euer Gold
Es mag wohl meine Lumpen gelten —
Was zögert Ihr? Ich spaße selten,
Drum eilt Euch, wenn Ihr nimmer wollt,
Daß Euch des Armen Waffe grollt!"

Lothar mit festem Tone spricht:
„Mich kümmert Euer Drohen nicht,
Und wüßt' ich wahrlich, als mein Leben,
Euch Nichts von sonderm Werth zu geben.
Ein Kämpfer bin ich, jung und froh,
Der, um des Armen Recht zu streiten,
Vordringend durch die Fluth der Zeiten,
Der Knechtschaft trägem Bann entfloh.
Ich könnt' euch sagen, wie daheim
Der Haß sich band an meine Sohlen,
Weil ich in kräft'gem Spruch und Reim
Des Zornes Feuer schlecht verhohlen;
Und wie zuletzt mit schrillem Klang
Ein Racheslied zu allen Stunden
Von altem Leid und frischern Wunden
Durch meine stillen Nächte sang —
Doch mit des eignen Herzens Qualen
Lieb' ich es nimmer, Freund, zu prahlen.
Zu Boden schlagt Ihr schon den Blick
Und laßt die müden Arme sinken,
Ihr ruft zum Kampfe das Geschick,
Und doch — Ihr zögert, Blut zu trinken?

Nein, also nicht! Den Blick empor!
Ich dürfte nimmer Euch verklagen,
Daß sich in dieses Jammers Tagen
Zu euch das müde Recht verlor.
Nicht trägt der Einzelne die Schuld:
Gesellschaft! dein ist das Verbrechen —
Mag sich an dir der Kühne rächen,
Ertrotzend sich des Schicksals Huld!
Bei Gott! sie haben's schlimm getrieben
Mit Schlangenwort und Judaskuß,
Daß man bei Räubern noch und Dieben
Den Welterlöser suchen muß!
Zu schmeicheln hab' ich nicht gelernt —
Doch ohne Haß und ohne Thräne
Dem Troß, bebändert und besternt,
Werf' ich die Losung in die Zähne:
Es wird aus niedrer Hütte Schoß
Zum zweiten Mal der Held geboren,
Und mit der Stirne, frei und groß,
Aufräumen in dem Kram der Thoren;
Er hebt das Schwert — die Fahne weht,
In Kampf das Erdenrund erzittert,
Er winkt — und eine Welt zersplittert,
Er winkt — und eine Welt ersteht!"

So nun Lothar. Der Andre drauf:
„Entwaffnet habt Ihr mein Verlangen,
Doch eh' wir scheiden — merket auf! —
Sollt Ihr mein Lebensbild empfangen.

Mein Vater war ein armer Mann,
Die Mutter arm, und arm gestorben,
Ein welkes Blatt, im Herbst verdorben . . .
Ich blieb allein, — ein armer Mann.
Was sollt' ich mich in Kampf und Plagen
Um schlechtgelohnte Arbeit mühn,
Wenn doch nach langen Schmerzenstagen
Dem Armen keine Freuden blühn?
Ich sah die Welt, ich sah die Reichen,
Wie sie der Herrschaft goldne Pracht,
Gekrönte Bettler, sich erschleichen,
Durch Raub gewinnen Glück und Macht.
Ein gleiches Recht ist euch und mir . . .
Was Müh' und Noth? — ich will verzehren!
Treu, Welt! befolgt' ich deine Lehren:
Was du verweigert, nahm ich dir!
Bei Tage stand ich vor Palästen,
Ein Bettler, flehend am Portal,
Und sprach gebeugt zu reichen Gästen:
‚O lindert, lindert meine Qual!‘
Doch wenn, der Sterne Glanz zu wecken,
Die letzte Abendröthe schied,
Ward ich der späten Wandrer Schrecken,
Der stumme Bettler ward Bandit!
Und hört' ich fern den Häscher schreiten,
Dann sank ich nieder am Portal,
Und ließ den Schmerzensruf entgleiten:
‚O lindert, lindert meine Qual!‘
Am Morgen nur die Bettlergabe,
Am Abend braucht' ich rothes Gold,
Und besser, als die Hand am Stabe,
War mir des Räubers Waffe hold.

Wie Jene, wollt' ich in Paläften
Voll Silberglanz und Kerzenschein
Dereinst bei Spiel und Tanz und Festen
Mein Leben all der Freude weihn.
Doch bis dahin, ein Kind der Sorgen,
Das scheu die dunklen Pfade zieht —
Ja, bis zu jenem Lebensmorgen
In Nacht und Fluch und Tod geborgen,
Bleib' ich ein Bettler und Bandit!"

Er sprach's. Und schweigend in die Nacht,
Die stürmisch um die Schläfer wacht,
Sah ihn Lothar die Schritte lenken
Und um die nächste Ecke schwenken.
Noch schnob der Wind. In leichtem Spiel
Gewirbelt Flock' um Flocke fiel,
Am Himmel hoch die Wolke flog,
Die Welle leis vorüberzog,
Und sinnend schlich durch Sturm und Graus
Der junge Pilger trüb nach Haus.

IV.

Sonnenaufgang.

Die Rebellenschlacht.

Mein Roß ist schneller als die Zeit!
So recht dem Steppendienst geweiht,
Hinbraust es mit gestrecktem Huf,
Wo nur erklingt der Schlachtenruf!
Das Auge sprüht, die Mähne wallt,
Der Sporn sich in die Flanken krallt —
Ein wilder Ritt die Welt entlang,
So springt es an im Schwerterklang!
Und heute hier, und morgen dort,
Und weiter fort von Ort zu Ort,
Bis auf der Zeit verglasten Flächen
Reiter und Roß zusammenbrechen,
Und sie umhüllt als Todtenkleid
Der Dünensand: Vergessenheit!

Noch bist du stark, mein Flügelroß,
Ob Pfeil auf Pfeil die Brust durchschoß
Und roth dein Blut zur Erde floß!
Frisch auf! die Wunde steht dir gut,
Wenn hell das Auge, kühn der Muth!
Brutus! schläfst du?

Auf! daß der Huf den Boden streicht,
Eh' dich die Fürstenhatz erreicht,
Die gern mit ihrer Meute Schar
Zerreißen will dein Schwingenpaar! —
Denn weh, verloren ging die Schlacht,
Verloren, verloren in Tod und Nacht;
Der Geier kreist in den Lüften hoch,
Der Leichenrabe dahinter zog —
Greif aus, greif aus in dunkler Nacht,
Eh' über den Bergen die Sonne lacht,
Greif aus, eh' der Rabe die Beut' erschaut,
In den Bug der Geier die Krallen haut,
Eh' den Weg die Kugel des Todes fand —
Greif aus, greif aus in der Zukunft Land!

Du weißt: erscheinen wird der Tag,
Der, gleich der Ros' im Blüthenhag,
Des Kampfes Rosen in Mannesbrust
Erglühen läßt in Schlachtenlust,
Da neu die alte Wunde brennt,
Und Kling' und Klinge zusammenrennt!
Dann kehren heim aus fremdem Land
Die Kämpfer alle zum Heimatstrand:
An Main und Donau, an Elb' und Rhein —
Die Schwerter glitzern im Morgenschein,
Im Winde flattern die Fahnen roth,
Und winken Sieg und winken Tod!
Dann träumen auch wir den alten Traum,
Durchfliegen stürmend den Erdenraum,
Trieft von den Flanken der weiße Schaum,
Sinken zusammen und wissen's kaum,

Fallen Leib' in heiligem Krieg,
Trotzend dem Tod und lächelnd dem Sieg! . . .
Doch sieh — dort über den Bergen lacht
Der Zukunft Paradiesespracht! —

Halt an, Poet! Die Menge schreit:
„Du überflügelst Raum und Zeit,
Indeß, in Kerkerhaft gebunden,
Das Volk verglüht an seinen Wunden!"
Ich hört' es wohl! Die Fessel klingt
Mit dumpfem Lied in meine Träume:
Doch zwischen Nacht und Kette singt
Ein Auferstehungslied und schwingt
Sich frei in alle Weltenräume.
Das ist des Dichters heilig Recht,
Daß er des Augenblickes Weilen,
Der Stunde bannendem Geflecht,
Mit stolzem Fluge darf enteilen.
Verschmähen wird er immerdar
Den blutbefleckten Weg der Massen,
Und sich, ein kühner Felsenaar,
Auf goldbeglänztem Schwingenpaar
In Lichtesferne tragen lassen.
Ein Funke spricht von jeder Lust,
Von jeder Täuschung eine Zähre
In seine klangerfüllte Brust,
Damit er sie zum Lied verkläre;
Doch Gram und Noth verscheiden bang,
Und nur die Hoffnung läßt er singen,
Und nur das Leben läßt er klingen,
Bis jedes Herzens Fessel sprang.

Er läßt, ein dämmernd Traumgesicht,
Vor euch der Zukunft Bilder treten —
Ihr nennt den Dichter ja Propheten,
So macht sein Wort zur Lüge nicht!
Zeit ist's, daß ihr mit Lustgebärde
Des Kampfes blutig Eisen schwingt,
Daß Deutschland frei und mächtig werde,
Bis jubelnd durch die weite Erde
Ein stolzer Siegeshymnus klingt! — —

So kam es … Wann? Das weiß allein,
Der in das Dunkel blitzt hinein,
Des künft'gen Tages Flammenschein.

Vom Berge rief der Freiheit Horn,
Das klang wie Sturm und Donnergrollen,
Das hat den alten Rebellenzorn
Mit einem Liede wachgeschollen.
Sie kommen von Berg und sie kommen von Thal,
Aus Kellern herauf und dumpfen Gemächern,
Von Speichern herab, von Böden und Dächern,
Vom Hunger geweckt und jeglicher Qual —
Wer nennt ihre Namen, wer zählt ihre Zahl?
Sie tauschen um blanke Musketen die Knittel,
Um Freiheitslöhnung den Sklavensold,
Um Soldatenkleider die lumpigen Kittel,
Des Armen Noth um des Reichen Gold.
An ihrer Spitze die kühnen Verbannten,
Die Fürstengehetzten, Geschmähten, Verkannten,
Die Kämpfer von Baden, die Kämpfer von Wien,
Von Donau, Neckar und Rhein und Elbe,

Die Männer von Dresden, von Prag, Berlin,
Von Ofen, Kapolna und Debreczin,
Und die Roma's Schlachtensonne beschien:
Für Alle heut das Banner dasselbe —
Dasselbe Banner, das „eine Roth",
Das sie führt in den Sieg, das sie führt in den Tod! —

Doch Stille nun. Vom Thale lenkt,
Das schwarze Bannertuch gesenkt,
Die trotzige Stirne fremd der Gnade,
Heran die Märtyrerbrigade.
Sie treten düster in den Kreis,
Und schweigend heben sie die Fahnen,
Auf deren Grund mit Lettern weiß
Viel' heil'ge Namen ernst und leis
Zum Werke der Vergeltung mahnen.
Die Robert-Blum-Kolonne schwingt
Ihr dunkles Zeichen in die Lüfte,
Und thatenvoll Erinnern klingt
Um all' die theuren Heldengrüfte.
Zum Schwur des Kampfes hingekniet,
Entblößen still ihr Haupt die Massen;
Dann seht ihr sie zum Schwerte fassen,
Und auf zum Morgenhimmel zieht,
Ein Kampfgebet, ihr

Rachelied.

Ihr warft uns nieder auf den Grund
  Bei wilder Schlachtmusik,
Doch rief der todesbleiche Mund
  Ein Hoch der Republik!

Zertreten unsrer Fahne Zier,
  Verloren unsre Sache —
Ein ander Schiff besteigen wir:
  Das schwarze Schiff der Rache!

Wie flammte jüngst der Liebesbrand
  In Herzen, kühn und stolz,
Und rankte gar ein Blüthenband
  Um dürrer Throne Holz;
Vorüberging der Friedenstraum
  In grünem Waldesdache —
Durch Sturm und Riff und Wellenschaum
  Trägt uns das Schiff der Rache!

Die Fluth ist da! den Kampf ersehnt
  Der Herzen junger Hals,
Die starre Hand aufs Schwert gelehnt,
  Und keine Wimper naß;
Das Kugelrohr zum Schuß gesenkt —
  O, haltet kühn die Wache,
Bis in der Zukunft Hafen lenkt
  Das Siegesschiff der Rache!

Horch! war Das nicht Trompetenton?
In Ordnung stellen sich die Reihen,
Der Vater hier, und hier der Sohn,
In Kampfbegierde glühend schon,
Vom Joch die Heimat zu befreien.
Ein Blitz — da fiel der erste Schuß!
Nun Trommelschlag und Horngeschmetter —
Anbrausen sie wie Sturm und Wetter,
Ein thalab schwellender Wogenguß.

Die hauen sich kühn die blutige Gasse,
Und sinken zusamm im vordersten Troß;
Die wälzen sich vor in geschlossener Masse,
Ein bajonettumstarrter Koloß;
Sie rücken heran mit ehernem Gange,
Gesenkt die Muskete, die Kugel im Lauf —
Wer steht vor ihrem zernichtenden Drange,
Wer hält die blutigen Schnitter auf?
Und hier die Reiter! wie schnelle Gedanken
Durchfliegen sie jauchzend das offene Feld,
Sie sprengen die Schwanken, sie brechen die Flanken,
Daß dröhnend die Erde vom Hufschlag gellt:
Nun grad in das Feuer! die Rosse packen
Der Fürsten prunkende Übermacht;
Und nun den Fliehenden dicht auf den Hacken,
Die Schwerter zischend in feindliche Nacken;
Und wieder mitten zurück in die Schlacht!
Kanonen brummen, verstummen und brummen,
Kartätschen rasseln und prasseln hinaus,
Kugeln und Kugeln pfeifen und summen,
Rappengewieher und Sturmgebraus!
Flintengeknatter und Erzesklirren,
Trompetengeschmetter und Trommelklang,
Hähne blitzen und Lanzen schwirren —
Die Sinne rasen, die Augen flirren
In Sterberöcheln und Schlachtgesang!

Seht dort von Pulver und Staub die Wolke!
Da kämpfen die Heere, da kühn erficht
Der Proletarier Sieg dem Volke,
Das selber heute sein Schicksal spricht.

Geworfen bis zu den letzten Schanzen,
Entflieht der Könige bebend Heer,
Ereilt von schnellen Uhlanenlanzen,
Von sich schleudernd Musketen und Ranzen,
Hilfe suchend bei Gräben und Wehr;
Und hinter ihnen die flinken Rebellen,
Die Robert-Blum-Kolonne voran,
Die schwarze Brigade, die Todesgesellen,
Die Gräberkohorten, die racheschnellen:
Die „Trützschler", „Dortu" und „Tiedemann".

Hörnersignal! Im Rücken den Freien
Wettert heraus Kanonengeblitz,
Schlägt hinein in die kämpfenden Reihen,
Stieben zurück sie schwankenden Tritts.
Aber der Fürsten rothe Husaren
Folgen, den Handschar im Gürtelring,
Setzen nach den betroffenen Scharen,
Die ein listiger Feind umging.
Sereczaner mit rollenden Blicken,
Flücht'ger Kosack und bunter Kroat
Schwingen die Lanzen jauchzend, und schicken
Nieder die Säbel zu blutiger Mahd.
Ha! schon seh' ich die Unsern weichen,
Sehe verzagen die Massen schon,
Sehe die Führer vor Wuth erbleichen,
Hoch aufblitzen der Sieger Hohn.
Plötzlich doch in dem schwankendsten Haufen
Hebt August das Todesgeschoß,
Sprengt den Rappen mit Nüsterschnaufen
Mitten hinein in der Feinde Troß;

Aus der Gegner vorderstem Schwarme
Reißt er der Fahne gelapptes Tuch,
Schleudert es fort mit nervigem Arme
Grad in der Freunde dichtesten Zug;
Brust und Stirne von Blut umflossen,
Läßt er sinken die müde Hand,
Und getroffen von hundert Geschossen
Stürzt er hinab in den feuchten Sand.
Aber, des Freundes Tod zu rächen,
Führt Lothar die Brüder zum Strauß,
Nutzt mit Sorge des Feindes Schwächen,
Ordnet den Keil, ihre Flanke zu brechen,
Sendet die Reiter zum Stoße aus;
Bald voran im blutigsten Treffen,
Bald die Fechter entlang gesprengt,
Weiß er die feindlichen Kugeln zu äffen,
Rings von Todesgefahr umdrängt.
Also kämpfen sie groß und muthig,
Wo die Palme der Schlachten winkt,
Bis am Abend im Westen blutig
Über den Bergen die Sonne sinkt.

Dann kam die Nacht. Noch war entschieden
Der Heere Siegesschicksal nicht,
Und nur ein kurzer Schlummerfrieden
Umfing der Kämpfer Augenlicht;
Ob in der Wächter Hut geborgen
Ein Traum die Schläfer still erfreut:
Es war die Rast nur vor dem Morgen,
Wo sich der Todeskampf erneut.
O trübe Nacht! wie viel' der Schmerzen
Birgst du, wie viel' gebrochne Herzen

In deines Schleiers dunklem Tuch:
Zu deiner Sterne blassem Schimmer
Ertönt wie mancher Brust Gewimmer,
Wie manch ein letzter Sterbefluch!
Du zählst die Seufzer und die Wunden,
Die qualdurchwütheten Sekunden,
Wie um sein Gold ein Reicher wacht:
Du hältst um all' die Todesklagen
Des Gleichmuths Mantel umgeschlagen,
Gefühllos kalte Friedensnacht!

Das Insurgentenlager dort!
Wie in des Kampfes blut'gen Bahnen,
Seht ihr mit freudig stolzem Wort
Die Führer jetzt das Volk ermahnen
Begeistrung ruht in ihrem Blick,
Wenn sie vom heut'gen Tage sprechen,
Wie er begann, die Schmach zu rächen,
Und siegen muß die Republik:
Dann schaut ihr sie die Stirne senken,
Gebeugt von ernstem Mannesschmerz,
Wenn sie der Freunde still gedenken,
Die hingerafft das Schlachtenerz.
Das war ein Tag! so Mancher fiel,
Deß Namen keine Lieder nennen,
Ein Held, den kaum die Brüder kennen,
Ein Blatt im Herbst, der Lüfte Spiel!
Die Mutter sucht im Trauerkleide,
Der Vater sucht am Wanderstab
In grünem Hag, auf dürrer Heide
Umsonst des Sohnes Heldengrab.

Und nun die Andern, die gefangen
Der langen Pein gewärtig sind,
Bis hinter Schloß und Eisenstangen
Die Nacht das müde Haupt umspinnt;
Bis sie vielleicht im tiefsten Schlaf
Getös und Riegelklirren traf,
Wenn sie, vom Traum emporgeschreckt,
Zum letzten Gang der Büttel weckt!

So mein Lothar. Ihn hat der Muth
Zu weit ins Feld hinausgetragen,
Daß, fern der Schlachtgefährten Hut.
Des Gegners Rosse ihn erjagen.
Verzweifelnd braucht er seine Wehr,
Nach rechts und links die Hiebe lenkend,
Bis, rings den Kämpfenden umschwenkend,
Ihn niederzwingt der Feinde Heer.
Mit Schimpfen zerren sie ihn fort,
Froh, daß der junge Held gefangen,
Mit rachedürstendem Verlangen
Begehrend schnell das Richterwort.
Ein Jubelton! die Luft durchschneiden
Die Flüche wilder Leidenschaft,
Und Racheblicke frech sich weiden
An des Gefangnen stolzer Kraft.
Er stand verklärt, sein Auge glänzte,
Aus seinen Wunden troff das Blut,
Und seine bleiche Stirn umkränzte
Der Abendsonne letzte Gluth.

Sein Tod.

Die Nacht ist lau. Im Kerker wacht
Lothar in tiefer Mitternacht;
Sie haben ihm den Stab gebrochen,
Auf morgen schon den Tod gesprochen,
Und ruhig harrt dem Sonnenstrahl
Entgegen er zum letzten Mal.
O wie, von Heldenlust entbrannt,
Der Jüngling vor den Richtern stand,
Ein Schächer nicht, — ein stolzer Kläger,
Der freien Zukunft Würdenträger!
Er sprach: „Ihr habt zu Knechtesfrohn,
Verspottend Gnade und Erbarmen,
Gekittet den zerfallnen Thron
Mit Bürgerblut und Schweiß der Armen.
Der Völkerzwietracht rothen Brand
Habt ihr geschleudert in das Land,
Der Scheiterhaufen Holz geschichtet,
Schafott und Galgen aufgerichtet,
Daß, wo gewandelt eure Schar,
Ein Golgatha die Erde war!
Rebellen habt ihr uns geschmäht,
Wenn euer Schwert uns niedermäht,

Indeß vor eurem Brudermord
Die letzte Freiheitssaat verdorrt —
Wohlan, des Zornes Wogen schwellen,
Das Recht beschirmen die Rebellen,
Und trotzig spricht der Zukunft Sohn
Dem Standgerichte Fluch und Hohn!
Sollt' ich, geheim die Faust geballt,
Am Richterstuhle der Gewalt
Des Freien stolzen Sinn zerbrechen,
Und dann geknickt von „Gnade" sprechen?
Fürwahr, ihr seid die Richter nicht,
Trotz Rachebeil und Kriegsgericht,
Und vor den Schranken dieser Zeit,
Die mit dem Schwerte sich befreit,
Als Kläger fordr' ich zu Gerichte
Ob eurem Spruch die Weltgeschichte!
Die Sklaven hier, die Freien dort —
Es giebt nur ein Versöhnungswort!
Den Thron entzwei! entzwei den Strick!
Und hoch die eine Republik!...
Vernichtet mich. Am Hochgericht
Vertheidigt sich ein Freier nicht!"

Sie fragten ihn die Kreuz und Quer —
Er zuckte kaum die Lippen mehr;
Sie quälten ihn um Dies und Das —
Er schwieg — sie wurden kalt und blaß;
Sie forschten sanft, sie baten mild —
Er harrte stumm — sie wurden wild:
„Wohlan, so sterbe der Rebell!"
Sie zitterten — er lachte hell,

Und ging — mit ihm die Schergenwacht —
Hinweg in seiner Zelle Nacht.

.

Ihn nicht — er selber floh den Schlaf,
Und jeder Blick des Mondes traf,
Ein Himmelsgruß, mit stillem Frieden
Den Wacher, dem der Tod beschieden.
An seinem Geiste neckend flog
Vorbei der Jugendjahre Träumen,
Und Glück und Schmerz vorüberzog
In seines Kerkers engen Räumen;
Er dachte, wie, ein toller Gast,
Er froh den Lebenswein verprasst,
Und vor dem letzten noch der Züge
Der Tod ihm nun das Glas zerschlüge.
Des Freundes dann gedenkt er leis,
Der mit dem Schwert ein Lied gesungen,
Um dessen Heldenlorberreis
Sich ein Cypressenkranz geschlungen;
Und jedes Freundes denkt er auch,
Der je mit einem Liebeshauch
Des Herzens stillverborgnes Sehnen
Sich ließ zu lust'ger Flamme dehnen,
Und Händedruck und Lieb' und Kuss
Umrauschen ihn als Todesgruß!
Bald lag er auf des Felsens Rand —
Vom Thal ein sanftes Hörnerklingen,
Studentenlust und Liedersingen,
Wie eine weiße Zauberhand;

Bald wandelt er im „Schweizerthal",
Edwin, der Freund, an seinem Arme,
Und läßt die Brust, die lebenswarme,
Erglühn im Abendsonnenstrahl;
Bald wieder schweift er durch Paris,
Und träumt von Barrikadenstürmen,
Wie von den alten Glockenthürmen
Der Ruf die Stadt sich waffnen hieß —
Und jedes Bild vergangner Zeit
Durchfliegt sein Blick mit Lust und Leid,
Bis er, von Wonne ganz umfangen,
Mit morgenfrisch erglühten Wangen
Auf stolzer Dichtung Wogen zieht,
Und jubelnd singt ein

Schwanenlied.

Leb wohl, du lustiges Leben,
　Leb wohl, du fröhliche Welt,
Du seliges Schaffen und Weben
　Unter dem Sternenzelt!

Lebt wohl, ihr guten Gesellen,
　Lebt wohl! Die siegende Zeit
Badet sich jung in den Wellen
　Lächelnder Seligkeit!

Das wird ein Rauschen und Weben,
　Der letzte Zwinger zerfällt —
Leb wohl, du fröhliches Leben,
　Leb wohl, du ewige Welt!

Aufgeht das Thor, die Träume fliehn,
Und in den Kerker tritt — Edwin.

Edwin! du lebensvoller Geist,
Von Schmerz die Seele heut entglommen
In diesem Kerker, was verheißt
In später Todesnacht dein Kommen?
Es hat Lothar die Kunde schon
Gehört, dass mit der Feinde Hohn,
Der eine Welt in Hass entzündet,
Dein frommer Glaube sich verbündet.
Er sah dich in der blut'gen Schlacht
Genüber in der Söldner Scharen,
Und dachte still, dass in die Nacht
So manch ein heller Stern gefahren,
Und dachte, wie des Glaubens Trug
Des Geistes Kraft in Fesseln schlug,
Wie überall die Schrift der Lüge
Getilgt des Herzens Flammenzüge,
Wie Jugendfreundschaft, Lieb' und Lust
Erstarb vor der Gesetze Wust.

Die Hand Edwin's ergriff Lothar,
Und bot ihm leichtes Grüßen dar:
„Was ist es, das in später Nacht
In meinen Kerker dich gebracht?
Willkommen sei! Das Morgenroth
Steigt auf und kündet mir den Tod;
Ich harre sein, mit hellem Blick,
Und soll mein Blut die Gräser färben:
Ich segne dieser Zeit Geschick,
Und segne mich und mein Verderben —
Fürwahr, nichts Leichtres, als zu sterben!

Die Stirne lächelnd wie im Traum,
Zum Richtplatz wandl' ich wie zum Feste —
Da grüßen mich am Waldessaum,
Von Blüthen weiß, die grünen Äste,
Da mit der Trommeln Grabesklang
Vermischt sich hell der Lerche Sang,
Die grüßt mich aus der blauen Luft,
Und dampfend wallt der Morgenduft —
Ein Winken dann — die Schüsse knallen —
Ein junger Kämpfer ist gefallen,
Und siegend rauscht die fernste Zeit
Den Segensruf: Unsterblichkeit!"

Edwin begann: „Vorüber ist
In Kurzem deine Lebensfrist;
Geworfen hast du selbst dein Loos,
Geschmiedet selber deine Ketten:
Doch birgt der Stunde finstrer Schoß
Ein einzig Mittel, dich zu retten.
Die Stirne wirf so trotzig nicht
In Falten, glätte dein Gesicht,
Und ruhig nimm das Wort entgegen,
Der Lebenshoffnung Lust und Segen.
Streng ist und eisern das Gesetz,
Entsühnend jegliches Verbrechen,
Es ist des Staates ehern Netz,
Das nimmer straflos zu durchbrechen;
Es lenkt die Welt, ein göttlich Buch,
Erhaben über Lieb' und Hassen,
Und lehrt uns, seinen Richterspruch
Gehorsam-gläubig still erfassen:

Brutus! schläfst du?   8

Doch weiß es mit Versöhnungsmacht
In Gnade selbst den Tod zu wandeln,
Wenn ihm als Opfer dargebracht
Der Sünder reuevolles Handeln.
Dir wird vergeben das Gericht,
Wenn seinen Trotz dein Geist zerbricht —
O laß des Träumens irre Pfade,
Und folge mild dem Weg der Gnade!"

Mit Lächeln drauf versetzt Lothar:
„Mit Lust gedenk' ich noch fürwahr
Der Zeit, da wir so manche Nacht
Am Rheinesufer einst durchwacht:
Wie du, ein freundlicher Genoß,
Geöffnet mir das Zauberschloß
Des Corpus juris, des vertrackten,
(Gespenster drin: Gesetz und Akten),
Und Paragraphen, groß und klein,
Herausgehüpft im Lampenschein.
In Manchem hast du mich belehrt,
Doch blieb ich ein verstockter Knabe,
Aus welchem bei dem Mojesstabe
Des Rechtes nie ein Tropfen fährt,
So lang' des Rechtes Grund das Schwert.
Mir blieb der Jugend Traumgedicht:
Daß in vergilbten Pergamenten,
In Bücherstaub und Akten nicht
Des Rechtes goldne Züge brennten;
Tief las ich in der eignen Brust,
Und was die Stimme da gesprochen,
Das schrieb ich nach mit heller Lust,
Und rief hinaus des Herzens Pochen.

So kam es wohl, daß unser Spruch
Ineins mit eurem nicht geklungen,
Daß wir nach anderm Bibelbuch
Der Zukunft hohes Lied gesungen —
Doch jubelnd zog durch Wald und Flur
Das Corpus juris der Natur!...
Was Gnade! Gnade will ich nicht,
Die meiner Ehre Glanz zerbricht;
Wo nimmermehr das Recht zu suchen,
Weiß der Gewalt ich nur zu fluchen!
Hinweg — und sprich den Henkern dort
Mein richtendes Rebellenwort!"

Er ging. Im Kerker blieb allein
Lothar. Der Morgensonne Schein
Ergoß sich hell mit weißem Strahl
Hernieder in das Erdenthal;
Am Wiesengrund der Nebel braut,
Und horch! die Lerche schmettert laut,
Mit Jubelruf vom Himmelszelt
Zu wecken rings die Schlummerwelt.

Und wieder öffnet sich das Thor —
Ein schwarzer Priester tritt hervor,
Und will, das Amtsgesicht in Falten,
Den Grabsermon dem Jüngling halten;
Der aber stopft dem Schwarzen schnell
Der wohlbedachten Rede Quell.

Er spricht: „Nach Trost begehr' ich nicht,
Ersparen mögt Ihr Euch die Pflicht;

8*

Ich weiß mich Sünder nicht zu nennen,
Und könnt' Euch keine Schuld bekennen.
Man sagt: ich war ein Atheist,
Weil ich des Glaubens Trug zerspalten,
Der schon seit tausendjähr'ger Frist
In Fesseln unser Herz gehalten.
Mir war die Menschenbrust ein Herd,
Darauf die Liebesfackel brannte,
Und, glückverlangend, Kreuz und Schwert
Aus ihrem Heiligthum verbannte;
Die weite Erde mein Altar,
Mein Kirchendach die Waldeshallen,
Drin tausendkehlig, rein und klar,
Der Böglein Lieder süß erschallen;
Und jeder Leib ein Gottesbild,
Daraus der Born des Lebens quillt,
Darin der Sehnsucht Quelle rauscht,
Und still dem eignen Drange lauscht!
Versöhnung fand ich Jahr um Jahr,
Wenn sich das Korn in Brot gewendet,
Und mir die Rebe duftig klar
Des Weines Traubenblut gespendet.
Nicht zürnen sollt ihr, daß die Zeit
Zu junger Liebe sich befreit,
Daß aus der Zukunft heil'gem Schoß
Sich neue Tempel kühn erheben,
Und mit der Zinne frei und groß
Auf stolzem Grund gen Himmel streben;
Denn nimmer hemmtet ihr die Fluth,
Die brausend in die Welt ergossen,
Und rings die Herzen aufgeschlossen
Zu einer hohen Andachtsgluth,
Zu freiheitstrunknem Opfermuth!

Ihr seht: verloren hat der Tod
Den Stachel selbst für unsre Scharen,
Die, wenn der Blitz herniederloht,
Die Luft des Lebens noch bewahren,
Daß Well' auf Welle steigt und fällt,
Bis eure Königsburg zerschellt!
Dem Leben nur ist Sieg beschieden,
Ihr seid die Todten — ruht in Frieden!"

Mit Zürnen ging der Priester fort,
Von eignem Grabeslied umklungen,
Als hätte ein Prophetenwort
Sich in die Welt hinausgeschwungen.
Lothar indeß im Kerker still,
Den Geist in ferne Welt getragen,
Vernimmt der Stunde letztes Schlagen,
Das ihm den Tod verkünden will.

Und wieder öffnet sich das Thor,
Daraus der Büttel tritt hervor;
Ein „Marsch!" und keine Silbe mehr —
Die Pforte dröhnt — die Zell' ist leer!

Sie schreiten stumm den Weg entlang
Bei Wirbelschlag und Trommelklang;
Soldaten vorn zu Fuß und Roß,
Lothar, umringt vom Schergentroß;
Soldaten wieder hinterdrein —
So geht es in die Schlucht hinein.

Ein „Halt!" und lächelnd wie zuvor
Tritt aus dem Troß der Jüngling vor,

Und ruft mit siegeshellem Blick
Ein Hoch der deutschen Republik!
Ein Wink — ein Blitz — die Salve kracht —
Zur Erde sinkt ein Todter sacht....
Doch fern die Kampfeswogen schwellen,
Den Tod zu rächen des Rebellen. — —

O lustig Bild am andern Tag!
Die Welt im Frühlingsschimmer lag,
Und auf den Gräsern — stumme Schau! —
Blinkende Perlen von Blut und Thau,
Rosen des Kampfes und Thränen der Lust,
Jubelndes Singen aus Mannesbrust!
Geschlagen ward die letzte Schlacht,
Das letzte Schwert zum Pflug geschmiedet,
Der letzte Haß zu Grab gebracht,
Und von der Liebe Hauch umfriedet.
Die Völker boten sich die Hand,
Die junge Republik zu krönen,
Und mit der Freiheit goldnem Band
Vergangne Schmerzen zu versöhnen,
Und jauchzend sang ein Friedensklang
Die weite, weite Welt entlang.

Rothe Lieder.

Erstes Buch.

Prolog.

Auf! rüſte dich zur Liederſchlacht,
Mein Hippogryph, im Wüſtenſande!
Entfalte deiner Schwingen Pracht,
Und ſprenge kühn von Land zu Lande!

Es brauſe meiner Lieder Fluth
Mit Sturmeswehn durch Deutſchlands Gauen!
Denn dieſer wilden Tage Gluth
Sollt ihr in meinem Sange ſchauen.

Der Dichter hat es ſtolz verſchmäht,
Das alte Himmelslied zu ſingen —
Nein, was durch dieſe Blätter weht,
Mag rauh und irdiſch gar erklingen.

Ich ſtieg vom Helikon herab,
Und gab der Erde mich zu eigen:
Da ſchaut' ich ein geöffnet Grab,
In das die Menſchen fluchend ſteigen.

Die Leichen thürmen sich empor,
Und zwei Parteien seh' ich ringen; —
Nicht künd' ich, wer die Schlacht verlor,
Bis einst die Siegeshörner klingen.

Sie haben rasend sich gepackt,
Ein Wehruf gellt durch alle Länder:
Die Armuth hie, hilflos und nackt,
Dort Edelstein' und Prachtgewänder! —

Wohl mögt ihr schelten, daß mein Lied
Von Schmerz und Grimm nur weiß zu sagen —
Doch bis sich jener Kampf entschied,
Sollt ihr des Träumens euch entschlagen!

Ein männlich zürnender Prophet,
Soll euer Dichter zu euch sprechen,
Der selbst in euren Reihen steht,
Und kühn die Lanze weiß zu brechen.

Ich habe meinen Stand gewählt,
Und will mein Lied der Armuth weihen; —
Da ihm des Himmels Gnade fehlt,
So muß der Mensch sich selbst befreien!

Ich hab' der goldnen Säle Wust,
Den dumpfen Priesterwahn verlassen:
Mit ihrem Schmerz, mit ihrer Lust
Will ich die Erde ganz erfassen! —

Einst, wenn die große Stunde schlug,
Da wir zum Sieg das Schwert erhoben:
Dann hüll' ich in das Leichentuch
All meinen Schmerz und all mein Toben.

Dann soll aus sangesreicher Brust
Ein Siegeslied zum Himmel klingen,
Dann will ich euch von Lieb' und Lust
Und von der schönen Erde singen!

Das Grab zu Ufnau.

Zu Ufnau in der Halde,
  Tief unterm Wiesengrün,
Wo sanft am Föhrenwalde
  Die Schweizerwellen ziehn:
Da singt es und da klingt es
  Zu mitternächt'ger Stund',
Von alten Zeiten singt es
  Mit bleichem Geistermund.

Den Deutschland einst verbannte
  Aus seiner Heimat Schoß,
Und den sein Volk verkannte,
  Bethört vom Pfaffentroß:
Der schläft im stillen Raine
  Die ew'ge Grabesruh',
Die modernden Gebeine
  Deckt kühler Rasen zu.

Und wenn die Nacht gekommen,
  Wenn droben, Welt an Welt,
Der Sterne Pracht entglommen
  Am blauen Himmelszelt,

Dann steigt der todte Ritter
  Aus seiner Gruft heraus,
Und ruft wie Ungewitter
  Ins weite Land hinaus:

„Du, Haupt voll Blut und Wunden',
  Verrathnes deutsches Land,
Wirst nimmer du gesunden
  Vom tollen Kriegesbrand?
War all das heiße Ringen
  Ein wildes Morden nur,
Dir neue Schmach zu bringen,
  Du segensvolle Flur?

„Zu Münster in dem Saale,
  Da haben blutgetauft
Bei blinkendem Pokale
  Die Fürsten dich verkauft.
Zu Münster war's, da schlugen
  In ehrnes Sklavenband
Die Herrscher dich, die klugen,
  Mein armes Heimatland!

„Fluch dir, du Völkerschande,
  Du dreißigjähr'ger Krieg!
Fluch jedem Feuerbrande,
  Der von den Dächern stieg!
Fluch euch, ihr deutschen Fürsten,
  Die ihr mit Frevelmuth
Der Völker Freiheitsbürsten
  Gekehrt in Hassesgluth!

„Wir dachten zu zerſchmettern
   Den Bau der Tyrannei —
Doch ward, trotz Sturm und Wettern,
   Die Heimat nimmer frei!
Was nützt' es, daſs der Hutten
   Uns die Reveille blies,
Da ſtets von Fürſt und Kutten
   Das Volk ſich gängeln ließ!

„Ich hab' umſonſt gerungen,
   Von heil'gem Zorn durchbebt,
Wenn ewig unbezwungen
   Der Knechtſchaft Hyder lebt!
Und auf den fremden Matten
   Find' ich die Ruhe nicht,
Bis durch die finſtern Schatten
   Der Freiheit Sonne bricht!"

So ruft der todte Ritter
   Mit wildem Donnerklang,
Das brauſt wie Ungewitter
   Die deutſche Flur entlang.
Dann muſs er traurig ſteigen
   Ins kühle Grab hinein,
Und heilig ernſtes Schweigen
   Hüllt rings die Erde ein.

Zu Ufnau in der Halde,
   Tief unterm Wieſengrün,
Wo ſanft am Föhrenwalde
   Die Schweizerwellen ziehn:

Da singt es und da klingt es
Zu mitternächt'ger Stund',
Von Deutschlands Schande singt es
Mit bleichem Geistermund.

Das ist der Heimatlose,
Der klagt in bitterm Leid
Um seines Volkes große
Versunkne Herrlichkeit,
Bis auf den deutschen Bergen
Der Freiheit Tempel steht,
Und aus den Fürstensärgen
Der Wind den Staub verweht.

———

Brutus, schläfst du?

Deutschland.

(Vor dem 24. Februar 1848 gedichtet.)

Ich lag in sternenloser Mitternacht
Auf meinem Lager jüngst in bitterm Weinen,
An Deutschlands Schicksal hab' ich stumm gedacht —
Wird denn kein Retter seiner Noth erscheinen?
Die Eulen krächzten her von Norden laut,
Und heiser schrien von Osten her die Raben —
Die einst des weißen Adlers Mord geschaut,
Die werden bald mein Deutschland auch begraben!

Und von der Wolga Fluth der Doppelaar
Wird seine Klauen in das Herz uns senken,
Der Scythe, den der Steppen Eis gebar,
Wird Deutschlands wahnbethörte Jugend lenken.
Das Volk schläft ruhig fort in dumpfer Rast,
Bis seinen Leib zerfleischt des Zwingherrn Knute,
Und seine Fürsten einst sich satt geprasst
In Völkerschweiß und Nationenblute!

Das meines Deutschlands Loos, und Keiner wagt
Ums Vaterland den Todeskampf zu ringen? —
Ergreift die Waffen zur Thrannenjagd,
Die Kugel senkt ins Rohr und schleift die Klingen!

Die Rosse stampfen schon den Boden wild,
Besteigt sie rasch, euch Freiheit zu ersiegen,
 Und kehret heim vom Kampfe mit dem Schild,
Sonst sollt ihr sterbend auf dem Schilde liegen!

In achtunddreißig Vaterländchen ist
Das eine große Vaterland zersplittert,
 Und Deutschlands Süden herzlos kalt vergißt,
Wenn's über Deutschlands Norden schwül gewittert!
Vom alten Riesenleib ein schönes Glied
Stahl sich der Franzmann bübischfrecher Weise,
 Um Schleswigholsteins reiche Triften zieht
Der Dänen Raublust immer engre Kreise.

Des schönen Elsaß Frevelraub vergiß
Auf kurze Zeit, mein Volk; denn andre Töne
 Flehn an dein Ohr: im dänischen Gebiß
Voll Unmuth knirschen Schleswigholsteins Söhne.
Da hilf du erst, da rette, eh's zu spät,
Eh' noch ein Glied von Deutschland losgetrennet,
 Hör deiner Brüder flehendes Gebet,
Eh' dir auch der Vergeltung Fackel brennet!

Bewahre jeden Fußbreit Landes dir!
Ein Geist soll Deutschlands Völkerschar beseelen,
 Und unter eines Ruhmesbanners Zier
Sollt ihr euch selbst im eignen Haus befehlen!
An einem Tag der Rache stürzet wild
Die vierunddreißig Duodeztyrannen,
 Und hebt die Freiheit siegend auf den Schild,
Wenn wir des blut'gen Kampfes Preis gewannen!

Kein Schonen mehr! Wie, oder hat noch je
Der Fürsten Willkür unsres Bluts geschonet?
  Hat je Erbarmen für des Volkes Weh
In eines Königs Marmorbrust gethronet?
  Wenn feig erblassend vor dem Racheschwert
Despotenseelen in die Kniee sinken:
  In Galle dann das reinste Blut verkehrt,
Laßt tausendfach gezückt die Dolche blinken!

Das alte Hellas leih' euch seinen Geist
Und seines Zornes glühnde Fackelbrände,
  Daß eure Ketten endlich ihr zerreißt,
Und frei gen Himmel hebt die blut'gen Hände!
  Es winket euch ein zweites Salamis —
Die Fürsten fliehn, sobald die Völker fodern!
  Wie Hellas einst der Perser Joch zerriß,
So laßt auch ihr des Krieges Flamme lodern!

Und wie Tyrtaios einst der Sparter Schar
Mit wildem Schlachtgesang zum Siege führte,
  Schleudr' ich ein Lied auch auf den Kriegsaltar —
O daß zur Flamm' es hoch den Funken schürte!
  Daß rings das Volk aufstände wuthentbrannt,
Germaniens Schlachtruf von den Bergen tönte,
  Und donnernd durch das weite Vaterland
Der Hall gestürzter Zwingherrnburgen dröhnte!

Lieder

eines kriegsgefangenen Schleswighollsteiners.

1.

Sehnsucht.

Sie haben mich in eines Kerkers Enge
Allein mit meinem Grame eingeschlossen;
Fern wogt von mir des Marktes bunt Gedränge,
Nicht meinem Aug' die Frühlingssaaten sprossen!

Vor meines Fenstergitters Eisenstäben
Seh' ich ein kleines Stückchen Himmel glänzen: —
Nur hie und da ein Vöglein seh' ich schweben,
Ein Wölkchen licht den blauen Raum bekränzen.

Die Vöglein, ach! sie eilen rastlos weiter,
Vorbei, vorbei — o könnt' ich mit euch ziehen!
Die Wolke fliegt — o wär' ich ihr Geleiter,
Könnt' ich mit ihrer Flucht von dannen fliehen!

Doch weh! den Flug der haftenden Gedanken
Hemmt Gitter, Eisenthor und Kerkermauern!
O Gott! vier Wände für den Freiheitskranken!
Lebend'gen Tod fühl' ich mein Herz durchschauern.

Was Menschen nehmen konnten, ja, genommen,
Genommen haben sie's! — Doch Eines immer
Noch blieb: die Gluth, in Dichterbrust entglommen,
Und gießt ums Haupt mir ihren Rosenschimmer.

Sie weiß mir oftmals noch in stillen Nächten
Das Herz in heil'gem Feuer zu entflammen,
Und meinen Gram in holdes Lied zu flechten: —
Ein Gott versöhnt, wo Menschen schnöd verdammen!

2.

Stillfreitag.

Stillfreitag heut! Ja, wohl ein stiller Tag,
Zur Feier, dass der Mensch den Gott erschlagen!
Zusammenhallt der Glocken dumpfer Schlag,
Ob dieser ernsten Tage Leid zu klagen;
  Es trauert auf verwaistem Blutgefilde
Das Vaterland um seiner Söhne Fall,
  Die hingerafft die Männerschlacht, die wilde,
Als muthig sie gestürmt des Feindes Wall.

Stillfreitag heut! — O tiefe Herzenstrauer:
Gefangen sein, wo's Sieg und Freiheit gilt!
  Könnt' ich zerbrechen meine Kerkermauer,
Das Eisengitter dort zermalmen wild . . .
  Doch ungehört verhallen meine Klagen,
Unthätig soll mein Leib verderben hier,
  Es bleiben nur des Herzens stumme Fragen
Und das Bewusstsein meiner Ohnmacht mir!

Stillfreitag heut! — Wie Christ ans Kreuz geschlagen
An diesem Tag vor langer Jahre Frist,
  So wähnt auch heute man ins Grab zu tragen
Die Freiheit eines Volks im Völkerzwist.

Der Knechtschaft und der Finsternis Genossen,
Die über Schleswigholsteins Flurenpracht
Nun ihre Kriegerscharen frech ergossen,
Bedräuen unsrer Heimat Ruhm und Macht.

Stillfreitag heut! — Drum stille, Herz, dein Zagen —
Ein Tag der Rache winkt dem Vaterland!
Denn kein Erlöser ward ans Kreuz geschlagen,
Der nicht in Kurzem wieder auferstand.
Die Heimat zu befrein, will Jeder sterben,
Und Deutschland schwinget der Vergeltung Brand,
Die Erde soll mit Feindesblut sich färben —
Dann glüht ein Ostern für mein Vaterland!

3.

Am Geburtstage meiner Mutter.

Wie hab' ich immer sonst an diesem Tage,
Ein frohes Kind, an deinem Hals gehangen,
Und bat zu Gott in brünstigem Verlangen,
Daß jeder Tag dir neue Rosen trage!

Heut hör' ich zu mir schallen deine Klage,
Und rüttle wild an meinen Eisenstangen;
Du weinst um mich, der einsam hier gefangen,
Und sinnst, wann mir der Freiheit Stunde schlage.

O gute Mutter, Dank für all dein Lieben,
Für deine Thränen, ach, um mich vergossen,
Den heil'ger Kampf von deiner Brust getrieben!

Von jedem Glück, das ich so reich genossen,
Ist nur Erinnrung mir zurückgeblieben,
All meine Lust in Wahn und Traum zerflossen!

Herbstklage.

Wo sind die Blümlein alle hingeschwunden,
   Mit denen bunt der Lenz die Erde schmückt?
   Das junge Laub, wer hat es abgepflückt,
Deß Duft so mild geheilt des Herzens Wunden?
   Ist denn die ganze reiche Schöpfungswelt
Ein unermeßlich Leichenfeld geworden,
   Und zeigt, vom Herbstessonnenstrahl erhellt,
Uns nur ein Bild von Welken und von Morden?

Sind sie verweht, des Saatfelds goldne Wogen,
   Die reife Frucht, ist sie am Baum verdorrt?
   Und trieb der Sturm die Abendlüfte fort,
Die lind und kühl die heiße Stirn umzogen?
   Welch rauher Dämon hat die Sommerpracht
Zerstörungswüthig jach hinweggerissen,
   Die hold der Lenz aus langer Winternacht
Hervorgelockt mit jugendlichen Küssen?

Wohin mein Auge seine Blicke sendet,
   Gewahrt es nur ein weit geöffnet Grab —
   All meine Blüthen riß der Sturm hinab,
All meine Lust hat er in Leid gewendet!

Mein Herz, das sonst in heißen Pulsen schlug,
Es starrt verzweifelb in die weite Leere,
Und, der so freudig sonst den Schiffer trug,
Mein Kahn — er treibt, ein Wrack, im wilden Meere!

Was habt ihr meinen Frühling mir entrissen,
Betrogt um meinen Sommer grausam mich?
Soll farblos nun im Winter ewiglich
Ich jeden Wonnereiz der Jugend missen?
Soll ich verwelkte Blumen wehmuthsvoll
Auf meine öden Lebenspfade streuen?
Soll, weil so kühn die junge Seele schwoll,
Ich ewig meine Thatenlust bereuen?

Der Lenz entschwand, der Sommer ist vergangen,
Das wehnde Herbstlaub fällt zur Erde hin —
Doch neue Hoffnung hebt den zagen Sinn,
Der Zukunft Sonne seh' ich glänzend prangen.
Es starb der Lenz, es starb der Sommer nicht,
Sie werden neu und schöner wiederkehren,
Des jungen Blumenteppichs Farbenlicht
Wird auch die arme Seele neu verklären!

So zage nicht, wenn jetzt die Stürme tosen,
Wenn jetzt Verwesung deinen Pfad bestreut —
Bald naht auch dir die Auferstehungszeit,
Und streut auf deinen Weg dir junge Rosen.
Für jede Trauer schenkt sie eine Lust,
Für jede Thräne eitel Scherz und Lachen;
Bald wirst du an der treuen Mutterbrust,
Ein jugendlicher Schwärmer, neu erwachen!

5.

Bei der Heimkehr.

Sei mir gegrüßt, du heil'ges Vaterland!
Zum ersten Mal läßt in dein Antlitz wieder
Du freundlich lächelnd deinen Sänger schauen,
Den lang' an fernem Strande hielt sein Loos.

Wie lacht dein Auge sonnig mir entgegen,
Wie lieblich winkt der Wälder Einsamkeit,
Wie drücken Freunde uns so warm die Hände
Und pressen jubelnd uns an ihre Brust,
Die glühend stets für dich, o Heimat, schlug!

Wohl ist es lange, seit ich dich gesehn,
Seit ich auf deinen Fluren heiter schwärmte
Und deiner Sprache süßem Wort gelauscht,
Das wild und weich wie Harfenklänge bald,
Bald wie der Sturmwind von den Lippen fährt.
Wie hab' ich wehmuthsvoll an fremdem Bord
Mich oft gesehnt nach deinen stillen Hütten,
Wo sonst der Landmann froh die Saat bestellte,
Und jetzt des Krieges wilde Fackel loht,
Der Rosse Huf das reiche Feld zerstampft,
Und Bruder gegen Bruder hebt das Schwert!
Manch stille Thräne weint' ich ungesehn,
Manch bittre Klage trug der Sturmwind fort
Um dich, du heißgeliebtes Vaterland!

Doch war's ein heil'ger Kampf, den wir gekämpft,
Ein Krieg der Freiheit gegen Despotie,
Und frohbegeistert folgten deine Söhne
Dem blut'gen Schlachtpanier zu Sieg und Tod.

Uns aber traf ein jammervoll Geschick:
Denn starke Fesseln banden uns den Arm,
Indeß der Geist in wilder Kampfbegier
Sich sehnte, mit der Brüder Schar vereint,
Sich auf dem Schlachtfeld todeskühn zu tummeln
Und fest zu stehn im heißen Pulverdampf
Für deine Freiheit, deutsches Heimatland!

Noch liegt dein Schicksal in der Zukunft Hand,
Noch kann dein Ruhm bis an die Sterne klingen,
Noch, — oder deine Schmach die Welt durchhallen —
Mit dir siegt oder fällt Germania!
Die Wahl ist dein, o Deutschland! säume nicht,
Verstoße nicht dein Kind von deiner Schwelle,
Das, groß und deutsch wie du, den Blick erhebt!
Ein Volk, ein freies, kniet vor deinem Thron,
Um deine Liebe werben deine Söhne —
O schließ sie alle, alle an dein Herz!

Nachruf

an einen bei Friedericia Gefallenen.

Nacht deckt die Flur, kein Stern am Himmelsrand;
Das ist die Stadt, wo meine Wiege stand,
Dumpf rollt mein Wagen durch bekannte Gassen!
Dort rauscht der See, drauf ich im Sturmgebraus
So oft gesteuert, hier der Eltern Haus,
    Das ich seit Jahr und Tag verlassen!

Der Schwager stößt ins Horn; mit sanfter Pracht
Fluthen die Töne durch die dunkle Nacht;
Ein geller Pfiff, und schnaubend stehn die Renner.
Der Schlag springt auf, im Wind bebt das Licht —
Das sind die Menschen, die ich kannte, nicht,
    Fremd grüßen unbekannte Männer.

Wir treten ein. Mein Auge schweift im Kreis:
Kein alter Freund, der mir zum Gruße leis
Die Hände drückt in raucherfülltem Zimmer!
Ein neu Geschlecht mit unbekannter Tracht,
Fremdes Soldatenvolk auf kalter Wacht —
    Das sind die alten Freunde nimmer!

Im Winkel schläft ein Mann mit kahlem Haupt,
Ein Baum, den auch die neue Zeit entlaubt, —
Ich kannte dich in meiner Jugend Prangen!
Wach auf, o Greis, und künde meinem Schmerz:
Wo sind die Freunde all', daran mein Herz
    Mit heißer Liebesgluth gehangen?

Viel' Namen hab' ich zögernd ihm genannt,
Er hat, gleich mir, sie alle sonst gekannt,
Doch trübe Kunde weiß er nur zu sagen:
Todt ist der Eine, Der in fremdem Land,
Hier herrscht der Feind, die Treuen sind verbannt,
    Oder im Kriegeswehn erschlagen!

Mein Herz ist starr, mein Auge trüb und hohl,
Nicht e i n e Thräne mehr zum Lebewohl,
Ich kann nicht weinen auf dem weiten Grabe.
Der Alte schweigt und stiert mir ins Gesicht —
„Nur e i n e Frage noch! O weißt du nicht,
    Wo ist Emil, mein blonder Knabe?“

Er schaute fremd mich an, dann aber bot
Er schweigend mir die Hand, und raunte: „Todt!
Auf blut'gem Plan erschlagen und vergessen!“
Der Alte ging. Auf sprang ich wirr und blaß,
Lautlosen Grimms ans kalte Fensterglas
    Mein glühendes Gesicht zu pressen.

Noch seh' ich dich, wie du vergangnes Jahr
Mit braunem Aug' und blondem Lockenhaar,
Ein schmucker Bursch, gekämpft auf unsern Schanzen.
Und nun? — Ein Wild, verrathen und verkauft,
Ruhst du im Grab, mit freiem Blut getauft,
    Auf dem die frechen Söldner tanzen! —

Mit dir sei Friede! Fluchen will ich nicht,
Daß immer noch das goldne Himmelslicht
In Finsterniß verloren und begraben!
Einst springt die Decke, da wir auferstehn
Die Todten all' aus ihren Gräbern sehn
    Flammenden Auges, wild erhaben!

Dann springst auch du mit bleich entstelltem Haupt
Zum Kampfplatz hin, mit frischem Kranz umlaubt,
Den dir die Freiheit um die Stirn geschlungen!
Dann reichst du mir die kalte Todtenhand,
So kämpfen wir im glühnden Sonnenbrand,
    Bis, Arm in Arm, der Sieg errungen!

Karl Immermann.

Sucht ihn nicht auf in einer Fürstengruft!
Er hat ein Grab in frischer Rheinesluft.
Ferd. Freiligrath.

's war Morgens früh. Der Herbstwind wehte kalt,
Die Gegend lag, vom Nebel überwallt,
Vor meinem Aug', ein trübes Schattenbild,
In frost'ge Todesträume eingehüllt.

Zum Kirchhof ging ich. Geisterhaft erklang
Ein leiser Flüsterton die Flur entlang,
Um seine Todten klagt mit schwankem Haupt
Der welke Baum, vom Sturme jäh entlaubt.

Ich suchte lang' dein Grab, du stolzer Held,
Den auch der Sturm in vollster Pracht gefällt,
Den früh der Tod ins All zurückverschlang,
Als heiß dein Herz noch schwoll in Thatendrang.

Ich fand es nicht. Der Todtengräber kam.
„Wo ruht Karl Immermann?" Der Alte nahm
Mich bei der Hand, und zog durch Gräberreihn
Mich hin zum unscheinbaren Leichenstein.

Brutus! schläfst du?   10

Das also ist des Dichters Todtenmal!
Ein länglich Viereck, blumenleer und kahl,
Ein grünbemaltes Kreuz auf rohem Stein —
Da senkten sie den hohen Meister ein!

Was soll dem Todten euer streng Symbol?
So herrlich einst, doch jetzt so trüb und hohl,
Das bald ein zweiter Bonifacius fällt,
Daß wie die heil'ge Eich' es rauh zerschellt!

Dann wird die Menge wieder lauschend stehn,
Erhobnen Arms das Auge fromm verdrehn,
Ob nicht der Blitz den Frevelnden erschlägt,
Der kühn die Hand an morsche Tempel legt! —

Pflanzt eine Ceder auf die Dichtergruft,
Sie wird gedeihn ,in frischer Rheinesluft';
Empor zum Himmel steig' ihr stolzer Schaft,
Ein Bild von jenes Todten Manneskraft!

Wohl thät' es noth, daß du erständest heut,
Ein starker Hort in dieser ehrnen Zeit,
Daß deines Geistes prächt'ger Fackelschein
Den Brand in Königssäle würf' hinein!

Dein Stern erlosch im hellsten Purpurglanz,
Dein Haupt umwand der frische Lorberkranz;
Ein Held, getroffen hart im Männerstrauß —
So trugen sie still weinend dich hinaus.

O weinet nicht! Ihn traf ein herrlich Loos:
Er schied von dannen ungeschwächt und groß,
Des Alters Schnee bedeckte nicht sein Haupt —
Ein Baum, mittsommers vom Orkan entlaubt.

Kein lautes Klagen zittre durch die Luft,
Des Freundes Zähre netze nur die Gruft,
Indeß die Sonne mild den Rain begrüßt,
Der seines Leibes morschen Rest umschließt!

Das alte Lied.

1.

Ein fröhlicher Bursch im Morgenschein
Wandelt entlang den grünen Rhein;
Die Wälder beben in Lustgebraus,
Da singt er ein Lied in die Fluren hinaus:

„Hebe dich, hebe dich, Sonnenball,
Wecke die Erde mit leuchtender Pracht!
Schmetternd singen die Vöglein all':
‚Königin, steige, verscheuch die Nacht!'

„Flamme, flamme, du Freiheitsstrahl,
Brich die Fesseln mit Siegesgewalt!
Triefe von Blut der blinkende Stahl!
Hei, wie prächtig der Donner hallt!

„Glühe, glühe durch Nacht und Graus,
Völkermorgen, im Festgewand!
Jubelnd ruft in die Lande hinaus:
‚Leuchte, leuchte, du Freiheitsbrand!'"

Und wie er gesungen, da schwillt ihm die Brust,
Zur Erde sinkt er in Frühlingslust.
Die Sonne steiget am Himmelszelt —
Der Bursche zieht in die weite Welt

2.

Was singet und klinget am Rheinesstrand,
Was fliegt im Tanze das weiße Gewand?
Es feiern die Winzer den Ernteball,
Wie drehen sich fröhlich die Dirnen all'!

Da fährt ein Wagen der Schar vorbei,
Es öffnet den Schlag ein bunter Lakai,
Ein blasses Herrlein zur Erde steigt,
Und schaut auf die Tänzer, und sinnt und schweigt.

Bedeckt mit Orden sein schwarzes Kleid,
Sie hat ihm die Gnade des Herrschers geweiht; —
Wie neigt er so düster den Klängen sein Ohr!
Die Winzer singen in lautem Chor:

„Hebe dich, hebe dich, Sonnenball,
Wecke die Erde mit leuchtender Pracht!
Schmetternd singen die Böglein all':
‚Königin, steige, verscheuch die Nacht!'"

Und wie der Bleiche das Lied vernahm,
Da packt er die Brust mit ächzendem Gram:
„„Fort, fort in die Weite! Hinaus in die Nacht!"" —
Er hat einst selber das Lied gemacht.

3.

Was tobt das Volk am Königspalast?
Der Fürst erbebt, der Minister erblaßt.
Hei, hei, wie Das toset, sie stürmen das Schloß,
Und schauerlich singt vor den Thoren der Troß:

> „Flamme, flamme, du Freiheitsstrahl,
> Brich die Fesseln mit Siegesgewalt!
> Triefe von Blut der blinkende Stahl!
> Hei, wie prächtig der Donner hallt!"

Da stürzt der Minister zum Saale hinaus,
Ihn schüttelt der Wahnsinn mit Fiebergraus —
Was tobend hinauf durch die Wände drang,
Es war sein eigener Schlachtgesang!

Und wie er flieht, da packt ihn der Schwarm,
Es hebt in die Luft ihn ein kräftiger Arm —
Sein Hals in der Schlinge! nun schwankt er empor!—
Und drunten jubelt des Volkes Chor:

> „Glühe, glühe durch Nacht und Graus,
> Völkermorgen im Festgewand!
> Jubelnd ruft in die Lande hinaus:
> ,Leuchte, leuchte, du Freiheitsbrand!'"

Robert Blum.

Kein Trauerlied um dich, du wackrer Degen,
   Kein Zährenstrom in deine stille Gruft!
Nicht will um dein erstarrtes Haupt ich legen
   Den frischen Siegerkranz voll Lenzesduft.
Was frommt es dir im engen Grabgemache,
   Ob thatenlosen Schmerz dein Fall erregt?
Ich singe dir ein glühend Lied der Rache,
   Das wild und grimm an alle Herzen schlägt.

Wir schauten unsre Freiheit hingeschlachtet,
   Und Völkerwille blieb ein Kinderspott,
Von Wahn und Graus war unser Hirn umnachtet,
   Wir wähnten keine Rettung mehr, als Gott —
Da tratst du herrlich zürnend in die Schranken
   Und führtest kühn des Geistes Herrscherstab,
Vor deinem Blitze sahn wir Throne wanken,
   Die Sphinx der Knechtschaft stürzte sich hinab!

So war's — o nein — so schien's! Mit Jubelpsalmen
   Zog man entgegen froh dem neuen Herrn,
Der jungen Freiheit trug man vor die Palmen
   Und grüßte laut den Völkermorgenstern.

Doch jener Glanz war nicht der Freiheit Sonne,
Uns trog ein Afterstern von Flittergold —
Bei all dem Lampenjubel, all der Wonne
War unfrer Hand das Himmelsgut entrollt.

Du trateft vor uns hin zum zweiten Male
Und fprachft: „Zerbrechet eurer Ketten Laft!"
Sie hörten's Alle, die in Frankfurt's Saale
Geschwätz'g feig des Handelns Zeit verpaßt.
Du fahft in Wien manch treues Herz verbluten,
Ein freies Volk zu Tode fchier gehetzt:
Da zogft du nach des Donauftromes Fluthen,
Der grollend jetzt ein Heldengrab benetzt.

Der Feinde Blei verfchonte dich im Kampfe
Und kein Kroatenfpeer durchftieß dein Herz;
Du ftandeft feft im heißen Pulverdampfe
Der Schlacht, und zuckteft nicht, ein Bild von Erz.
Dich follte erft der Sieger Wuth vernichten,
Die fich des frechften Meuchelmords erkühnt —
Ob ihrer Unthat wird die Menfchheit richten,
An jenem Tag, der alle Frevel fühnt!

Das lange fchlief, mein Deutfchland, auf, erwache!
Ergreif die Wehr, den Panzer angelegt!
Umgürte dich zu einer That der Rache,
Die groß und hehr an alle Herzen fchlägt!
Wirf in den Staub die Frevelfchar der Schächer,
Die raubbegierig deine Bruft zerreißt!
Erweck dir felber, Deutfchland, einen Rächer,
Eh' um dein Grab der Leichenrabe kreift!

Zwei Lieder vom Rheine.

1.

Der Dichter spricht:

Hoch oben auf luftiger Halde
Hab' ich mein Hüttchen erbaut;
Da drunten ziehen die Wellen,
Und drüber der Himmel blaut.

Da drunten ziehen die Wellen,
Und brausend fluthet der Rhein,
Da tanzen und springen die Fischlein
Und spielen im Sonnenschein.

Da tanzen und springen die Fischlein,
Da kreiset der Möwe Flug,
Da fährt durch zischende Wogen
Des Dampfers schneidender Bug.

Da fährt das Schiff durch die Wogen,
Der Wisperwind streicht durch den Wald,
Der Menschen sorgende Klage
Am starren Felsen verhallt.

Der Menschen sorgende Klage
Verhallt an Ufers Rand,
Die Abendsonne vergoldet
Die ragende Felsenwand.

Die Abendsonne vergoldet
Rings Wiesen und Wälder und Feld,
Vom Thale klingen die Glocken
Herauf in mein luftiges Zelt.

Vom Thale klingen die Glocken
In sanftem Läuten herauf,
Die ganze Welt geht selig
In Lieb' und Frieden auf.

2.

Der Schlossherr spricht:

Hoch oben auf steilem Berge
Hab' ich mein Schloss mir erbaut,
Da drunten murmeln die Wellen
Mit dumpfem Klagelaut.

Da drunten murren die Wellen
Und rütteln am Felsgestein,
Ich fürchte, sie stürzen am Ende
Mein Schloss noch krachend hinein.

Ich fürchte, sie stürzen am Ende
　Mein Schloß noch hinab in den Grund! —
Die dampfende Schlange zischet,
　Es krächzet der Möwe Mund.

Die dampfende Schlange zischet,
　Der Föhn durchbraust den Wald,
Der Menschen Fluch und Verwünschung
　Am Felsenkolosse verhallt.

Der Menschen Fluch und Verwünschung
　Verhallt an Ufers Rand,
Mit glühendem Blutschein färbet
　Die Sonne die Felsenwand.

Mit Blut die Fluren bestrahlend,
　Die Abendsonne erglüht.
Vom Thale summen die Glocken,
　Sie läuten mein Todtenlied.

Vom Thale läuten die Glocken
　Mein Todtenlied herauf —
Vielleicht schon zielt nach dem Herzen
　Mir jetzt des Jägers Lauf!

Weihnacht.

Weihnacht! Weihnacht! Tausend Jubelklänge
   Schallen froh zum Himmelsdom empor.
Weihnacht! Weihnacht! Tausend Freudensänge
   Schlagen an mein wonnetrunknes Ohr.
Mag ich einsam auf der Gasse lauschen,
   Mag ich treten in den bunten Saal:
Lieb und Schmerz zu mir herüberrauschen,
   Lust und Wonne hallt von Berg und Thal.

Weihnacht! Weihnacht! Siehe, tausend Kehlen
   Jauchzen dir und deiner stillen Pracht —
Aber hunderttausend arme Seelen
   Ächzen draußen in der kalten Nacht.
Hunderttausend arme Schächer wimmern,
   Ach, vergebens! um ein Stückchen Brot,
Und aus hunderttausend Hütten schimmern
   Frost und Hunger, Elend, Gram und Noth!

Weihnacht! Weihnacht! Ach, aus goldnem Hause
   Flammt der Kerzenschein in hellem Strahl;
Doch das Elend weint in dunkler Klause
   Blut'ge Zähren, stumm, in Todesqual!

Harter Mann, der du in tollem Schwärmen
Übertäubst des Bettlers Klagelied:
Rührt dich nicht der Armuth stilles Härmen,
Die vor deinen Thüren bebend kniet?

Weihnacht! Weihnacht! Nacht, da Gott gesendet
In die Welt den eingebornen Sohn:
Sieh, dein Walten blieb noch unvollendet,
Und es dünkt uns fast ein grimmer Hohn.
Sprich, „Allmächt'ge Liebe!" kannst du's leiden,
Dass umsonst sein Brot der Arme sucht,
Dass am üpp'gen Mahl sich Tausend weiden,
Doch der Bettler Schar dich wild verflucht!

Weihnacht! Weihnacht! kennst du kein Erbarmen,
Ew'ger Gott, verschließt sich uns dein Herz?
Kam dein Jesus Christus nicht den Armen,
Nicht, zu stillen der Betrübten Schmerz?
Gott, mein Gott, was hast du uns verlassen?
Deine schöne Welt verscheidet still,
Sieh, dein Volk verhungert auf den Gassen —
Und kein Heiland, der ihm helfen will!

Huldigung.

An den König von Preußen.

(1840.)

O Fürst! in Demuth naht sich deinem Thron
Der jungen Freiheit kampfergebner Sohn,
Das Knie zu beugen und den Eid zu schwören,
Den Eid des Knechtes, der, zum Staube tief
Das Haupt gesenkt, dich um die Gnade rief,
   Sein kindlich Flehen zu erhören.

Fürst! wir sind Deutsche, fromm und gut gesinnt,
Vertrauen kannst du auf dein arglos Kind —
Du bist das Haupt, so lenke kühn die Glieder!
Wir haben niemals noch gedacht, gewollt,
Wir haben kaum mit unserm Loos gegrollt —
   So wirf auch unsre Feinde nieder!

Fürst, der von Gottes Gnaden uns regiert,
Und den des großen Friedrich Krone ziert,
Erfülle treu, was du uns einst versprochen!
Der Stärke Scepter nimm in deine Hand,
Die Einheit schaffe für das deutsche Land,
   Bevor aufs Neu' die Stürme pochen!

Fürst! sei uns gnädig, eh' dein Thron zerbricht,
Geh kühn mit unsern Feinden ins Gericht,
Denn noch vertraun wir deinem Königsworte.
Viel' tausend Nacken stehn am Thron gebeugt,
Und tausendstimmig unser Flehn bezeugt
    Den Sklavensinn vor deiner Pforte.

Sei gnädig, Fürst! Erhebe deinen Fuß,
Tritt auf den Nacken uns zum Herrschergruß,
Lehr uns, ein starkes Volk zusammenhalten!
Nur wenn er einig, wird der Deutsche frei,
Und einig nur im Druck der Sklaverei,
    Wenn Blei und Pulver segnend walten.

Zertritt sie Alle, die mit toller Lust
Entgegenstemmen dir die freie Brust,
Sei Deutschlands Rächer mit dem Flammenschwerte!
Der Cherub sei, der Gottes Geißel hebt,
Und auf das Volk, das seinem Grimm erbebt,
    Des Zornes volle Schalen kehrte!

Laß flammen, Fürst! den Todesblitz herab —
Der Freiheit Samen birgt das weite Grab,
Dies Volk muß sterben, soll es auferstehen.
Begrab uns, Fürst! in stiller Kirchhofsruh',
Schließ unsrer Freiheit Sargesdeckel zu,
    Dein großes Werk erfüllt zu sehen!

Mit dir sei Gott, daß nicht dein Arm erschlafft,
Eh' du vollendet, was mit Riesenkraft
Dein stolzer Geist zu Deutschlands Heil ersonnen!
 O sieh, der Dichter kniet vor deinem Thron,
 Dein harrt der Weltgeschichte Siegeslohn,
  Wenn du für uns das Spiel gewonnen.

So steht's im Buch, das Klio's Griffel schreibt:
Wenn du den Thron mit Bruderblut gekleibt,
Dann naht die Nemesis aus schwarzer Wolke.
 Du baust für uns! dein Werk zerfällt in Staub,
 Das dürre Holz schlägt aus zu jungem Laub —
  Du schaffst die Republik dem Volke!

Einer Geächteten!

Zu tausend Armen noch ein müdes Wild,
Ein ungezähltes Opfer zu den vielen!
  So halt' ich schützend über dich den Schild,
Nicht soll der Spott mit deinem Elend spielen!
  O blicke nicht so bang zum Himmelszelt,
O falte nicht so schmerzlich deine Hände:
  Ich will dich schirmen gegen eine Welt,
Ob sie auf mich auch ihren Fluch entsende!

  Der Dichter sei Prophet und Held zumal,
Verheißung redend mit geweihtem Munde;
  Doch seine Hand ergreife kühn den Stahl,
Wo nur ein Herz verglüht an seiner Wunde!
  Er darf nicht ruhn vom blanken Waffenspiel,
So lang' im Kampf noch arme Seelen brechen;
  Und diese Zeit des Hasses — o wie viel
Gebrochner Herzen hab' ich schon zu rächen!

  Auch dich, mein Kind! Es soll mit seinem Schmerz
Mein glühend Lied als Glorie dich umscheinen,
  Nun, da die Welt dein heimatloses Herz
Verstößt in kalter Nacht sternloses Weinen.

Brutus! schläfst du?   11

Ich kann das Weh, das deine Brust durchzieht,
Kann nicht in Schlaf den Sturm des Lebens singen —
Eins aber bleibt: ich kann als Schwert mein Lied
Für dein Geschlecht, das staubgetretne, schwingen!

Was thatst du denn, daß dich der Wahn umspinnt
Mit seines Fluchs vernichtenden Geweben?
Du konntest ihm, dem man dich einst als Kind
Vermählte, nicht den Zoll der Liebe geben.
Nun fliehst du stolz aus seines Hasses Bann,
Aus seines Arms dämonischem Umschlingen,
Ein reines Herz, dem er den Tod ersann,
Dem Gott der Liebe rein zurückzubringen.

Und darum heißen sie dich Sünderin,
Und darum haben sie dein Haupt geächtet!
Ich aber werf' euch meinen Handschuh hin —
Weh, wer um dich mit meinem Liebe rechtet!...
Es soll der Glaube dir gestorben sein,
Der krankhaft süß die Brust dem Himmel weitet,
Fluch jenem Glauben, der in Nordlichtschein
Über die schöne Welt sein Bahrtuch spreitet!

Ich weiß es wohl: sie, die, das Erdenrund
Zur Hölle dichtend, jede Lust begraben,
Sie, die dem Glück mit qualentstelltem Mund
Entsagt — sie müssen ihren Himmel haben!
Ja, mag es sein, der Tod des Glaubens trägt
Die Schuld, daß wir die Welt zum Himmel taufen;
Wer hier schon Paradiesesblüthen hegt,
Kann nicht sein Herz dem Priesterwahn verkaufen!

Du königliches·Weib, so schön und jung,
Und doch so arm in deiner Liebe Sehnen:
Mein Lied in demuthvoller Huldigung
Kniet still vor Dem, was sie für Sünde wähnen.
Ich segne dich und dein versehmt Geschlecht,
Ich segne deine That nnd deinen Willen —
Die Zukunft, die der Väter Sünden rächt,
Wird liebend auch des Weibes Schmerzen stillen!

Du aber, Weib — Maria heiß' ich dich,
Der Menschheit Braut — sollst nicht in Schmerz verzagen;
Sieh, deine Kinder wählt die Zukunft sich,
Das Wort der Freiheit in die Welt zu tragen!
Und wenn dir Todesweh das Herz zerreißt,
Ich hülle dich in meines Mantels Falten;
Es spricht aus uns der Welterlösung Geist:
Der Geist der Liebe wird den Sieg behalten!

———

Arbeiterlied.

Zu Schmerz und Noth aus dunkler Nacht entsprossen,
Das Auge hell, die Stirne hoch und frei:
So bricht, das Schwert von starker Faust umschlossen,
Der Arbeitsmann sein Sklavenjoch entzwei!
Auf, laßt die Banner fliegen!
Es gilt ein letztes Kriegen!
Hinaus zum Kampf! die Freiheit führt uns an!
Fortan gehört die Welt dem Arbeitsmann!

Zu lange schon, vernichtend Lust und Leben,
Bezwang den Geist des Goldes falsche Macht —
Sei nun das Gold in Volkeshand gegeben,
Daß auch dem Armen Glück und Freude lacht!
Auf, laßt die Banner fliegen!
Es gilt ein letztes Kriegen!
Hinaus zum Kampf! die Freiheit führt uns an!
Fortan gehört die Welt dem Arbeitsmann!

Was kümmert uns die bunte Pracht der Fahnen?
An unsrer Spitze flammt das eine Roth!
Uns blieb gemein des Hungers trotzig Mahnen,
Gemein die Schmach, Entehrung und die Noth.

Auf, laßt die Banner fliegen!
Es gilt ein letztes Kriegen!
Hinaus zum Kampf! die Freiheit führt uns an!
Fortan gehört die Welt dem Arbeitsmann!

O prahlet nicht mit eurer Krone Glänzen —
Der goldne Reif zerbricht am scharfen Stahl!
Bald ruft euch fort von Spiel und Fest und Tänzen
Zum blut'gen Tanz der Schlachtensonne Strahl!
Auf, laßt die Banner fliegen!
Es gilt ein letztes Kriegen!
Hinaus zum Kampf! die Freiheit führt uns an!
Fortan gehört die Welt dem Arbeitsmann!

Genug des Hohns! wir athmen noch und leben,
Vor unserm Tritt erbebt die alte Welt!
Wir schaffen Brot dem armen Volk, und heben
Der Gleichheit Banner auf zum Sternenzelt!
So laßt die Banner fliegen!
Es gilt ein letztes Siegen!
Hinaus zum Kampf! die Freiheit führt uns an!
Fortan gehört die Welt dem Arbeitsmann!

Nach einer Aufführung des „Ariel Acosta".

Und wenn die Henker auch von Gottes Gnaden,
  Von blindem Eifer, Hass und Wuth entbrannt,
Mich vor die blut'ge Richterschranke laden,
  Weil ich geschwungen wild des Krieges Brand,
Weil ich zu stolz, vor eines Thrones Stufen
  Das Knie zu beugen, nicht die Worte wog,
So will ich kühn mit Galilei rufen:
  „E pur si mouve! Sie bewegt sich doch!"

Und wenn auch Alles sich mir abgewendet,
  Mich Alles einen freulen Schächer wähnt,
Wenn nie ein Weib mir Kuss und Liebe spendet,
  Kein Freund sein Haupt an meinen Busen lehnt,
So will ich einsam wandeln auf den Höhen,
  Bin ich doch eine Welt mir selber noch!
Mit blut'ger Inschrift soll mein Banner wehen:
  „E pur si mouve! Sie bewegt sich doch!"

Ich bin nun eben Keiner von den Vielen,
  Die Gold und Ruhm um Ehre eingetauscht,
Ich werde nie mit Lieb' und Freundschaft spielen,
  Hab' nie in fremdem Becher mich berauscht —
Ich will mir selber, was ich bin, verdanken,
  Nicht mit den Andern ziehn im Sklavenjoch!
Sollt' ich verderben auch, ich will nicht wanken!
  Frangor, non flector! Sie bewegt sich doch!

Mein Lied.

Von abgefallnen Engeln hör' ich künden
    Verklungner Sagen ernste Poesie,
Die lustberauscht, versenkt in Erdensünden,
    Gestört des Weltalls ew'ge Harmonie.

Da sandte Gott, die Frevelnden zu strafen,
    Die Cherubim mit Flammenschwertern aus.
Die Schlacht begann, die rothen Blitze trafen,
    Engel auf Engel sank in nächt'ges Graus.

Jedoch bei jedem Schlag, den auf die Brüder
    Ein Cherub schwang, dem Todeskampf vereint,
Fiel eine Thräne heiß zur Erde nieder,
    Die liebevoll ein Engelsaug' geweint! — —

O Deutschland, Deutschland, mein gefallner Engel,
    Weh, daß du dich in Erdenlust berauscht,
Daß du der Freiheit weißen Liljenstengel
    Hast mit der Knechtschaft blut'gem Schwert vertauscht!

Und wehe, weh, mein Lieb, du blutigrothes,
    Daß dich der Herr gesandt als Flammenschwert,
Das mit dem gellend wilden Schrei des Todes
    In seiner Mutter Eingeweide fährt!

Doch schaut: bei jedem Streiche, den ich wider
    Die Heimat schlug, dem Todeskampf gesellt,
Rinnt eine Thräne mir vom Auge nieder,
    Die glühend heiß zur Muttererde fällt.

Die herbste Pein — es ist das Amt des Rächers,
    Der in die Heimat stieß das Flammenschwert;
Er hat den bittern Trank des Sterbebechers,
    Wie Jesus einst im Kreuzestod, geleert!

Zweites Buch.

Brandraketen.

Nun aber waffne sich ein Jeder
  Zum letzten heiligen Gefecht!
Zum Schwerte greifet statt zur Feder,
Zerschlagt die rottigen Katheder,
  Und nehmt euch selber Brot und Recht!

Kann länger noch die Knechtschaft tragen
  Ein freiheitglühend Männerherz?
Hurrah! Das ist ein lustig Jagen,
Die Kugel pfeift, die Schwerter schlagen
  Mit Donnerklirren, Erz an Erz!

Wir trugen's lang — doch nimmer wollen
  Wir ewig ziehn im alten Joch!
Des Volkes Ungewitter grollen,
Die Blitze sprühn, die Donner rollen —
  Wir siegen, siegen endlich doch!

Ihr Männer, wild und abgerissen,
 Zum Bettelngehn zu starr und stolz:
Nicht länger mehr den Grimm verbissen,
Die Fackel kühn hineingeschmissen
 In eurer Throne dürres Holz!

Gescharet in der Freiheit Schiffen,
 Gen Wien, Berlin in leckem Lauf!
Die Büchse von der Wand gegriffen,
Die krumme Sense grad geschliffen —
 So waffnet sich das Volk zuhauf!

Nicht in den Sternen sollt ihr lesen,
 Selbst schaffen sollt ihr euer Glück!
Was lange faul ist, lasst verwesen!
Die Krone zahlt die Reisespesen
 Zur socialen Republik!

Nachtzug.

Auf der Eisenbahn fuhr ich vom Rhein nach Berlin
  Bei der nächtlichen Sterne Gefunkel;
Mit bleichem Schimmer das Mondlicht schien,
Und Städte kommen und Städte fliehn,
  Wo der Zug hinbraust durch das Dunkel.

Da hatt' ich gar einen seltnen Traum:
  Ich sah einen riesigen Alten;
Sein Haar entwallte wie Silberschaum,
Sein Gewand zerfloß im unendlichen Raum,
  Und er sprach, daß die Thäler erschallten:

„Das ist des Volkes Eisenbahn,
  Und die Lokomotive heißt ‚Hecker!'
So braust der Zug durch das Dunkel heran —
Erzittert, Thrannen! die Rothen nahn!
  Die rächenden Freiheitserwecker!

„Sie nahen, sie nahen mit Donnerschall,
  Eine wilde, trotzige Masse!
Hurrah! so tönt es im Wiederhall,
Und der braunen Proletarier Schwall —
  Er fährt in der ersten Klasse!

„Was stierst du, bleicher Soldatentroß?
Der Zug wird dich schnaubend erreichen!
Hurrah! hurrah! Und Stoß auf Stoß!
Jetzt fahren wir über des Königs Schloß
Und über die fürstlichen Leichen!

„So stürzt der Könige Bubenstück
Und die rothe Guillotine!
Kein Dämmen, kein Hemmen und kein Zurück!
Hinrasseln die Räder, auf stöhnt die Brück',
Und es knirscht die blutige Schiene!

„Die Länder hören, es hört die Welt
Des Tages Flammenverkündung;
Der Thron verbrennt und die Zwingburg fällt,
Der Lenz erscheint und die Sonn' erhellt
Eine einige Völkerverbündung!"

So sprach der Alte, so schwand mein Traum;
Da hielt der Zug in Minden.
Schon färbte die Sonne der Wolken Saum —
Da henkten sie mich an den höchsten Baum
Für meine geträumten Sünden.

Zur ersten Jahresfeier der Märzrevolution

Wir zogen zum Kampfe so kühn, so froh,
Und wollten die Freiheit erfechten;
Wir stritten so herrlich, der Feind entfloh,
Wir jauchzten ein trunkenes Siegeshalloh —
Und wurden doch wieder zu Knechten!

Und ob ihr mit glühendem Heldenmuth
Euch stürzet ins Schlachtengetose,
Und ob ihr mit flammender Zorneswuth
Zertretet die giftige Fürstenbrut:
Nie blüht euch die Freiheit, die große!

Und kehren wir nimmer zur Freiheit zurück,
So lasst uns wie Deutsche doch sterben!
Verloren die Heimat, verloren das Glück!
So greifet die Schwerter mit trotzigem Blick,
Wir wollen wie Männer verderben!

Herbei zur rasenden Todesschlacht,
Zum blutigen Völkergerichte!
Die Schwerter rasseln, die Salve kracht —
So fahren wir in die ewige Nacht,
So endet die deutsche Geschichte!

———

Brutus! schläfst du?

G. Kromer.

Erschossen zu Freiburg 1849.

Zu Rastatt auf der Gasse
    Marschiert die Rebellion;
Es wollen die Soldaten
Die Freiheit nicht verrathen
    Um Fürstengunst und =lohn.

Der Kromer thät beginnen:
    „Die Leutnants knurren dort;
Auf, Kinder! lehrt sie tanzen!"
Da jagten sie die Schranzen
    Von ihrer Fronte fort.

Die tapfern Krieger zogen
    Ins Feld bei Trommelschlag;
Sie thäten nimmer weichen,
Ob auch den Mörderstreichen
    Die Heldenschar erlag.

Zu Freiburg mußt' verbluten
    Ein brav Soldatenherz:
Ein Knall — die Läufe blitzten —
Der Kugeln dreie flitzten
    Dem Kromer in das Herz.

Bald ruft die Trommel wieder
    Zur blut'gen Kriegesbahn —
Dann gilt's das Joch zu brechen,
Den Kromer woll'n wir rächen,
    Und thun, wie er gethan!

Ein Deutscher.

Er war kein mächtiger Ritter, aus stolzen Geschlechtern
entsprossen,
Es ist kein perlender Wein bei seiner Taufe geflossen,
Die Armuth hat ihn geweiht mit dem Thau der blutigen
Thränen —
Sein einziger Stab die männliche Kraft und der Freiheit
glühendes Sehnen!

Er strebte mit ringendem Geist, die Siegespalme zu
fassen,
Sein Streiten bezeugt die furchige Stirn und die Wangen,
die kümmerlich blassen,
Er machte die Nacht zum Tage, die Sorge thät ihn
begleiten,
Sein blühender Leib verwelkte, sein Haar ergraute vor
Zeiten.

Daß er die Menschen geliebt, es war sein einzig Ver-
schulden,
Er opferte ihnen sein Glück, er mußte entbehren und
dulden;

Es hat ihm Keiner gedankt, ihn Keiner geliebt und geachtet,
Oft hat er umsonst um das trockene Brot am traurigen
Abend geschmachtet.

Er wollte ja nicht für sich das Gold und die purpurnen
Reben,
Er wollte den Armen allein das Brot, das tägliche, geben;
Sie nannten ihn toll und verrückt, und gingen ihm scheu
aus dem Wege,
Und sannen mit List, wie den ringenden Geist in Ketten
und Bande man lege. —

Es war im lachenden Mai, da knirschte sein Voll in den
Ketten,
Und dachte von Tod und Verwesung das dürftige Leben zu
retten —
Da griff er zum rostigen Schwert, und stellte sich ihnen zur
Seite,
Es blieben der Haß und der Fluch sein höhnendes Erden=
geleite.

Er bot die welkende Brust den Schergen von Henkers
Gnaden,
Es zielte auf ihn das Rohr, mit töblichem Bleie geladen;
Er zitterte nicht, es brannte sein Aug', und er spornte zum
Kampfe die Treuen,
Es toste am Tage die Schlacht, und mußte sich Nächtens
erneuen.

Und als sie drei der Tage und Nächte gekämpft und ge-
stritten,
Da traf ihn die Kugel, er sank, und wollte um Gnade
nicht bitten.
Es hielt noch im Sterben die Faust die rothe, die blutige
Fahne,
Er riß sie mit sich in den Graben hinab, als ob er das
Künftige ahne.

Dann brach dem Haufen die Kraft, sie hatten drei Tage
gehungert,
Umsonst nach dem Siege des Rechts, nach Brot und nach
Fleische gelungert;
Sie sanken sterbend ins Gras, und färbten mit Blute die
Erde,
Und über die Leichen stürmten hinweg die Sieger mit toller
Gebärde.

Den Führer fanden sie auch, die Fahne in blutigen
Händen,
Sie spieen ihn an, mit Haß ihn noch im Tode zu schänden;
Auf einsamer Heide da thäten sie seine Genossen begraben —
Die Leiche des Führers auf offnem Gefild ließ man den
Geiern und Raben.

Max Dortu.
Erschossen zu Freiburg am 31. Juli 1849.

I.
Am Grabe.

1.

Ein schlichter Kranz auf einen schlichten Sarg,
Für einen Todten eine Handvoll Erde!
Nicht weiß die Welt, wen hier der Rasen barg,
Daß er zu Staub tief unterm Hügel werde.
Die freie Tanne rauscht sein Todtenlied,
Des Adlers Schrei gellt von den Felsenzinken —
Doch jeder Menschenfuß die Stätte flieht,
    Wo Armesünderkreuze winken.

Ich aber suche gern die Stätten auf,
Wo freie Männer ein Despot erschlagen —
Da lehn' ich still an meines Schwertes Knauf,
Ein Mann um eines Mannes Tod zu klagen.
So starr' ich düster in das Grab hinein,
Das Antlitz bleich, die Wimper starr und trocken,
Ein steinern Bild im fahlen Mondenschein,
    Der Wind nur spielt mit meinen Locken.

Bei dir auch halt' ich meine Kampfesrast —
Sei's eine Nacht, ich will sie nicht vergessen;
   Krampfig das Schwert mit starrer Hand umfaßt,
Will mein Gesicht ich an die Erde pressen.
   Für diese Nacht, mein Max, wach auf, wach auf —
Hast ja so manche Nacht mit mir durchsprochen!
Im weißen Sterbekleid, wach auf, wach auf!
   Hör an dein Grab mich heute pochen!

Ha, wie es wild durch meine Adern braust!
Gespenstig glühn die weißen Himmelslichter;
   Die Lippe zuckt, es ballt sich meine Faust —
Was willst du, armer sturmverschlagner Dichter?
   Ich stürmte wild wie du vom Vaterhaus,
Und habe Krieg der falschen Welt entboten;
Das Leben stieß mich von den Menschen aus —
   So laßt mich schwärmen mit den Todten!

Du blasser Freund im stillen Wiesengrund,
Hör meinen Spruch, du wirst mich nicht verrathen!
   Die Nacht ist still, sie lauscht auf unsern Bund,
Vom Wind geschaukelt wogen leis die Saaten.
   Am Himmelsblau die Todtenampel brennt —
Steig aus dem Grab, weil dich ein Freund entboten,
Empfang mit mir das Sterbesakrament,
   Der Todte mit dem Lebendtodten!

Wohl hast auch du den Priesterschwarm gehaßt;
Doch Beide, glaub' ich, lassen Den wir gelten,
   Der unsre Hand mit kaltem Druck erfaßt:
Der Priester „Tod,“ den wir zu Nacht bestellten!

Du kennst ihn längst, auch ich hab' ihm vertraut,
Als er im Flug bei mir vorbeigewettert;
Ich hab' ins Aug' ihm fest und kalt geschaut —
Er aber hat mich nicht zerschmettert!

———

2.

Die Zeit ist arm, und wir sind arm gleich ihr.
O wär' sie reich, wir schauten sie nicht weinen;
Mit blankem Schwert und wehnder Helmeszier
Müßte die That, ein Blitz, die Nacht durchscheinen!
Die Zeit ist arm, — nur reich an Schmerz und Noth,
Und dreimal reich am Giftkelch ihrer Schande;
Leer ist der Becher, den sie tückisch bot,
Und eine Welt verglüht im Todesbrande!

Ja, wir sind arm, weil uns die Zeit verzehrt,
Und ihre Schmach die Lieb' in Haß gewendet.
O wär' ich reich, ich legte dir ein Schwert
Aufs Grab — wenn Buben nicht das Schwert geschändet!
Das einst den Mann geziert im Schlachtgebraus,
Vertheidigt nun der Lüge Königsschanzen —
So mag ich nur den Immortellenstrauß
Auf deinen schlichten Todtenhügel pflanzen!

O nimm ihn an — einst wird er herrlich blühn!
Kein Denkmal will ich deinem Kampf erbauen,
Das in die Länder ragte stolz und kühn,
Von kalter Hand aus kaltem Stein gehauen.

Weil du geliebt der Freiheit Morgenglanz,
Soll auch die Liebe deinen Tod beklagen,
Und schöner wird der frische Blumenkranz,
Als Kreuz und Stein, von unsrer Liebe sagen.

Und jeder Pilger, der vorüberzieht,
Soll sich ein Blatt von deinem Grabe brechen,
Wenn er am Friedhof schweigend niederkniet,
Um sein Gebet und seinen Fluch zu sprechen.
Erst soll er weinen, dann zum Schwur erstehn:
Gleich dir der Freiheit Banner stolz zu fassen,
Zu jubeln nicht, bevor die Trommeln gehn,
Zu lieben nicht, bis er gekühlt sein Hassen!

———

3.

Ihr sprecht: „Den Armen ist das Himmelreich,"
Doch auf der Erde kennt ihr kein Erbarmen;
Hier nackt und bloß, dort oben Alle gleich —
Ihr habt's gewollt! wohlan, wir sind die Armen
Wir sind's, und wissen, daß der letzte Trost:
Die Seligkeit, ein Märchenwort der Pfaffen,
Und daß allein, von der ihr uns verstoßt,
Auf Erden, ist ein Himmelreich zu schaffen.

Wir sind die Armen! Blaß und kampfbereit
Ziehn wir heran, gebeugt — doch ungebrochen,
Zu fordern die verheißne Seligkeit,
An euren Thron um unser Recht zu pochen.

Ihr aber schweigt und wollt nicht Rede stehn,
Ihr höhnt das Volk und lächelt seiner Klagen —
Gut denn! so muß ein andres Banner wehn,
Der Armuth Recht vor euren Thron zu tragen!

Nicht vor den Thron! Was schiert uns Fürstenpracht?
Jenseits der Throne winkt der Zukunft Fahne!
Das Königsschiff verschlingt die Meeresnacht,
Wir retten uns im Sturm auf schwankem Kahne!
Wollt ihr uns folgen in die neue Welt,
So eilt, das stolze Herrscherboot zu lassen,
Das morgen schon am Felsenriff zerschellt,
Wenn seinen Kiel der Tiefe Götter fassen!

Auch du, o Jüngling, hast in Sturmesnoth
Des Volkes Kahn gelenkt mit sichern Händen;
Doch jenes Schiff, das selbst zu sinken droht,
Muß manchen Kahn erst in die Tiefe senden.
Hoch schwoll die Fluth — ihr traft euch, Stoß auf Stoß
In dumpfem Schrei erbebten Mast und Planken,
Und drunten gähnt' der wüste Meeresschoß —
Dein Steuer brach — und Mann und Schiff versanken! —

Fluch ihrem Haß, der eine Welt verzehrt!
Wir haben Recht, um deinen Tod zu klagen:
Doch unsre Klage wird ein Racheschwert,
Damit wir unsrer Feinde Schar erschlagen;
Ein Schwert, das, in dein Heldenblut getaucht,
Mit deinen Mördern rechtet ohn' Erbarmen!
Fort in den Kampf! der Morgennebel raucht
Noch eine Schlacht — und selig sind die Armen!

II.

Im Hause.

1.

Da ſitz' ich nun in deinem Kämmerlein,
Das Aug' gewandt ins blühende Gelände,
Es lacht die Flur, beglänzt vom Sonnenſchein,
Die Welle ſingt — ich falte fromm die Hände.
Die Bäume flüſtern mir ein heimlich Wort,
Das wie ein Gruß von dir mich will gemahnen,
Es rauſcht ihr Laub im Winde fort und fort
Und trägt ins Land der Hoffnung grüne Fahnen.

So wird auch einſt das rothe Banner wehn,
Das du als Erbtheil ſterbend uns gelaſſen,
Es wird zum Kampf vorauf den Völkern gehn,
Roth wie dein Blut und roth wie unſer Haſſen;
Und wenn der Sturm in ſeinen Falten rauſcht,
So wird es wild im Morgenwinde flattern,
Daß froh der Kämpfer Tod um Leben tauſcht,
Und jubelnd ſinkt, wenn rings die Salven knattern.

Dann aber kommt die heiß ersehnte Zeit,
Wo auch das rothe Banner still und glänzend
Vom Berge weht, wenn rings die Welt befreit,
Schön wie der Tag, der Liebe Kelch kredenzend:
So zieht der Kahn dort auf der blauen Fluth
In stiller Fahrt auf tiefen Meereswegen,
An seinem Bord der Völker reiches Gut,
Das er geführt dem Morgenroth entgegen!

2.

Das ist dein Bild! So hast du einst geschaut
Im Männerstrauß mit wilden Kriegerrotten!
„Zielt gut, ihr Brüder!" war dein letzter Laut,
Rebellensohn und Sohn der Hugenotten!*)
Als wollte einmal noch die kalte Hand
An deine That in heil'gem Zorn ermahnen,
So schaut dein Bildnis von der bleichen Wand,
Und weist dem Volk der Zukunft helle Bahnen.

Ja, hell der Tag und hell die neue Zeit,
Ob sie durch Tod auch zur Versöhnung führet,
Ob auch der Haß die kranke Welt befreit,
Und nur dem Schwert der letzte Sieg gebühret.

_____

*) Die Familie Dortu mußte in Folge der Bartholomäus=
nacht Frankreich verlassen und hatte seitdem ihren Wohnsitz in
Preußen.

„Auf uns dies Blut!", so habt ihr einst geschrien,
Als dem Erlöser ihr den Stab gebrochen,
   Und jedem Heiland, der dem Volk erschien,
Habt ihr des Hasses Speer ins Herz gestochen!

Auf euch dies Blut! ihr wollt es anders nicht —
So mag denn keine Hand der Rache wehren!
   Auf euch dies Blut, auf euer Blutgericht,
Wenn mit der Fluth die Kämpfer wiederkehren!
   Die Schwerter rasseln und die Trommeln gehn,
Der Freie jubelt und die Mörder zittern —
   Zielt gut, ihr Brüder, bis wir jauchzend sehn
Im Frührothsstrahl den letzten Thron zersplittern!

3.

   Der Tag will scheiden. Sanfter rauscht der See.
Gut' Nacht, o Welt! du schlummerst nun in Frieden.
   O wäre doch des Menschenherzens Weh
Ein stiller Schlaf, wie dort der Flur, beschieden!
   Am Fenster lehn' ich still, indeß sein Lied
Im Flug der ruhelose Wind mir fächelt —
   Was kümmert's euch, daß mich der Schlummer flieht,
Die ihr so klug bei meinem Schmerz gelächelt?

   Die kühle Nachtluft streicht mir ins Gesicht,
Verloschne Bilder seh' ich sich entschleiern,
   Und heimlich bang erhellt das Mondenlicht
Die todte Flur, mit mir die Nacht zu feiern.

Auch dein, o Jüngling, hab' ich still gedacht,
Den sie beim ersten Morgengraun erschossen,
  Als eben auch, gleich dieser, eine Nacht
So weich und süß, so friedlich schön verflossen!

  Ob du nicht oft in solcher Nacht gleich mir
An dieses Fensters weißer Brüstung lehntest,
  Und halb im Traume, wachend halb, von hier
Auf Wald und Strom die hellen Blicke dehntest?
  Das Mondenlicht erglänzte überm See,
Auch du vermochtest nicht im Schlaf zu säumen;
  Die Sterne blieben kalt bei deinem Weh —
Ach, sie verstehen nicht, was Geister träumen!

  Sie gingen auf am fernen Himmelsrand,
Und blinkten klar und ruhig in die Wogen,
  Daß auch im See ihr flammend Auge stand,
Wenn droben sie dem Blick vorüberzogen.
  Dann gingen auch in deiner jungen Brust
Ruhig und klar, hoch über Erdenschranken,
  Der Zukunft Sterne auf mit stolzer Lust,
Das Licht der Welt, die Sonne der Gedanken!

  Im Geiste nur hast du den Stern geschaut,
Der aus den Fluthen unsrer Kämpfe tauchet,
  Und dem die Welt in junger Liebe traut,
Wenn jetzt das Feld vom Blut der Brüder rauchet.
  Doch dich verschlang, du kühner Freiheitsjohn,
Die finstre Zeit im Schoße ihrer Wellen,
  Und tückisch blitzte der Gewehre Hohn
Den Tod ins Herz dem trotzigen Rebellen!

So schläfst du jetzt, von unsrer Thränen Thau
Benetzt, an der zerfallnen Kirchhofsmauer,
    Auf deiner babischen Brigittenau
Ein Robert Blum, zu groß für unsre Trauer;
    Bis einst die Freiheit ihre Fesseln bricht,
Und deine Mörder bleich um Gnade flehen:
    „Geht nicht mit unsrer Sünde zu Gericht!" —
Wir aber werden zu Gerichte gehen!

4.

Mein Aug' ist müd'. Am letzten Himmelsjaum
Schießt dort ein Stern hernieder in die Wellen.
    Fortträumt die Nacht den weichen Frühlingstraum,
Und Blüth' und Blatt im Windeshauche schwellen.
    Der Fluß trägt ruhig in das ferne Meer
In stillem Lauf die ungezählten Wogen,
    Nicht ahnend, daß ein Stern vom Himmel her
In seiner Fluthen Schoß hinabgezogen.

O wär' ein Schlaf in solcher stillen Nacht
Und solch ein blauer Strom die Weltgeschichte,
    Ein Traum, von einem schönen Gott erdacht,
Und fortgeträumt bei hellem Morgenlichte:
    Ein sanftbewegtes Meer, in dessen Schoß
Der Menschen ungezählte Wellen trieben,
    Und Stern' an Sterne schön und trauerlos
Im Wogenbade still gefesselt blieben!

Sie ist ein Schlaf, doch ohne Seligkeit,
Sie ist ein Strom, doch schwarz von Felsenzacken,
Ein Traum, dem Gott der Finsternis geweiht,
Darin Dämonen wild die Brust uns packen.
Sie ist ein Meer, in dessen dunkler Fluth
Der Himmel nicht, nicht Wald noch Flur sich spiegelt,
Ein wüst Gebraus, das nie vom Kampfe ruht,
Ein finstrer Wogenschwall, vom Hass entwiegelt!

Und wenn ein Stern vom Himmel niedersinkt,
Den löscht das Meer mit seinen kalten Wellen;
Kaum dass ein Leuchten aus der Tiefe blinkt,
Wenn Wog' und Woge wild im Kampfe schwellen.
Es sank ein Stern am deutschen Himmelsrand,
Und ihn verschlang die Fluth der Weltgeschichte —
Gut' Nacht, mein Max! du Stern im Badnerland,
Von dir nun träum' ich bis zum Morgenlichte.

————

Brutus! schläfst du?

Begegnung.

Einst traf ich am grünen Waldesrand
'nen schmucken Gesellen, den Stab in der Hand;
Im Gürtel trug er Pistolen zwei
Und auf dem Nacken die Büchse frei.
  Wohin so schnell,
  Rebell, Rebell?

„Ich eile hinab ins Unterland,
Da flackert der rothe Kriegesbrand;
Mein armes Weib liegt auf den Tod,
Meine Kinder betteln ums trockne Brot!" —

Und wieder traf ich am Waldesrand
'nen schmucken Gesellen, den Stab in der Hand;
Im Gürtel kein Pistolenpaar,
Die Büchse vom Nacken verschwunden war.
  Wohin so schnell,
  Rebell, Rebell?

„O frage mich nicht — verloren der Strauß!
Der Feind verbrannte mein Vaterhaus,
Mein Weib ist gestorben in Noth und Fahr,
Verhungert der Kinder bleiche Schar!"

Dann ging er in den Wald hinein,
Der Uhu krächzt und die Raben schrein.
Ein stiller See im Walde lag —
Da fand man den Burschen am andern Tag.

———

Lied des Flüchtlings

auf den Trümmern der Habsburg.

Halt an, Genoß!   Und hinauf zum Schloß —
   Nun genug für heute gegangen!
Mein Fuß ist müd',   und mein Auge glüht,
   Und fiebernd brennen die Wangen!
Wo Moos und Geflecht,   wo die Kräuter schlecht
   Um verwitterte Steine sich ranken,
Über Schweizerfluhn,   da laßt uns ruhn,
   Da schweifen nach Haus die Gedanken!

Wo die grüne Aar   ihre Fluthen klar
   In die lachenden Thäler ergießet;
Wo der Herbstwind stürmt,   sich der Gletscher thürmt,
   Und der Alp manch Röslein entsprießet:
Da träumt es sich gut   von des Rheines Fluth,
   Wo wir jüngst um die Freiheit gerungen,
Wo das Thal entlang   manch kräftigen Sang
   Wir blitzenden Schwertes gesungen.

Wie die Berge glühn,   wie die Strahlen sprühn
   Auf dem schimmernden, flimmernden Eise,
So glühte der Brand   über Stadt und Land,
   Wenn erklang die blutige Weise:

„Ça ira, ça ira!   Die Rebellen sind da!"
Und dann das Schwertergebrause! —
Nun in fremdem Land,   gehaßt und verbannt,
Und die Henker walten zu Hause!

Doch nimmer verzagt!   Denn ein Morgen tagt
Dem geknechteten Vaterlande!
Ein muthiger Schrei: „Seid frei, seid frei!"
Und es fallen die Ketten und Bande!
Wie dies stolze Schloß   in die Fluthen schoß
— Die Berge blieben bestehen, —
So stürzt in das Grab   die Knechtschaft hinab
Vor der Freiheit mächtigem Wehen!

Die Sonne sank — ich bin matt und krank,
Doch ich athme frei auf den Trümmern!
Verloren mein Gut,   verspritzt mein Blut —
Doch was soll den Flüchtling bekümmern?
Sei willkommen, Nacht!   Die Vergeltung wacht,
Wenn die Sonne steigt aus den Wellen!
Dann aufs Neu' zum Kampf,   wo im Pulverdampf
Erkämpfen den Sieg die Rebellen!

Gottfried Kinkel.

1.

Stettin, 12. Oktober. Die „Ostsee-
Zeitung" enthält heute folgende Worte
an ihrer Spitze: „Herr Professor
Gottfried Kinkel trägt in Naugard
die graue Züchtlingsjacke und muß
spulen!"
Nationalzeitung vom 13. Oktober 1849.

Wein, Kellner, Wein! — Mein Tagwerk ist vollbracht,
Noch diese Stunde stehlen wir der Nacht —
Gieb auch das Zeitungsblatt vom heut'gen Tage!
Laß sehn: was macht der morsche Königsthron?
Schickt uns der Frühling seine Boten schon?
Wie, oder ist das Recht noch Sage?

Berlin ... Die Kammer schläft—Das that sie längst!—
Ungarn ... Verrathnes Heldenvolk, was drängst
Du mir die Brust, ob deiner Schmach zu sinnen! —
Standrecht und Rache ... Fort!—Doch, halt! den Schluß—
Stettin, den 12ten: „Gottfried Kinkel muß
In Züchtlingstracht nun Wolle spinnen!"

Ist's möglich? Gott! wüst brennt mir's im Gehirn,
Die Hände streich' ich über meine Stirn —
Mein Gottfried spulen im Verbrecherkleide!
Derselbe Geist, der hohe Lieder sann,
Ein Knecht am Webstuhl — Jahre lang — und dann? —
Vor Wahnsinn schütze Gott uns Beide!

Kein einzig Wort — die volle Börse warf
Ich auf den Tisch. Die Nachtluft wehte scharf,
Und eisig fuhr der Sturm durch meine Locken.
Ich ging nach Haus. Dann schrieb ich bleich und matt
Das „Lied vom Spulen" auf ein knisternd Blatt,
Die Wangen heiß, das Auge trocken:

„Das Lied vom Spulen."

Der Webstuhl kracht, das Schifflein zieht
    Hinüber und herüber;
Beim Spulen tönt ein wildes Lied,
    Das gellet trüb und trüber:
„Mein Schifflein, zieh! Wir oder sie!
    's wird anders nie! Mein Schifflein, zieh
    Herüber und hinüber!"

Der Eine im Verbrecherhaus
    Spinnt fort und fort den Faden;
Am Ende wird ein Tuch daraus,
    Ein Tuch von Gottes Gnaden!
Viel' Fäden schlug des Spinners Fluch
Ins Leichentuch! — Noch nicht genug!
    Spinn fort und fort den Faden!

Wir Andern aber zorngemut')
Wir sitzen auch am Stuhle,
Das Schifflein treibt der Zeiten Fluth,
Es schnarrt und knarrt die Spule.
Dazwischen Sang und Schwerterklang
Und Wogendrang das Thal entlang —
So webt die Zeit am Stuhle.

Der Webstuhl kracht, das Schifflein zieht
Herüber und hinüber;
Beim Spulen tönt ein wildes Lied:
„Bald ist dein' Zeit vorüber!
Die Freiheit siegt, die Fessel liegt!
Die Freiheit siegt! — Dein Schifflein fliegt
Hinüber und herüber!"

2.

Nun sitzt er wieder bleich und kummervoll
Zu seiner Zelle nachtumflorten Wänden,
   Allein mit seinem Schmerz und seinem Groll,
Die Spule drehend mit geschäft'gen Händen.
Kaum daß ein Lied um seinen Kerker klingt,
Kaum daß ein Vöglein ihm den Lenz verkündet:
   Den Frühling, wo auch seine Fessel springt,
   Wo eine Welt den Psalm des Friedens singt,
Und frei und stolz der Liebe Tempel gründet!

Ach, fern — wie fern! — ist noch die goldne Zeit,
Von der wir träumen und an die wir glauben;
   Jetzt, wo der Frühling seine Blüthen schneit,
Der Sprosser singt in duftumwallten Lauben!
O, draußen hat sein lächelnd Kindeshaupt
Der Knabe Lenz in jedes Land getragen:
   Doch hier, im Herzen, hat ein Wurm geraubt
   Der Blüthe Pracht, die froh dem Lenz geglaubt —
Des Menschen Frühling hat der Tod erschlagen!

Denn Haß ist Tod! Und Haß beherrscht die Welt,
Er sitzt zu Thron, so weit die Blicke reichen;
Er wandelt giftaushauchend durch das Feld,
Und füllt es mähend rings mit Blut und Leichen.
O solche Saat! Muß nicht des Frühlings Hauch
Wie Brudermord in eure Seele klingen?
Weht schwarz und dampfend nicht ein Pulverrauch,
Wie Grabesduft, aus jedem Blüthenstrauch,
Euch eines Freien Todesgruß zu bringen?

Ihr wollt nicht ruhn von eurer „Gnade“ Zorn,
Ihr sätet Blut — nun steht das Feld voll Rosen!
Doch jede birgt für euch den scharfen Dorn,
Wenn frei mit ihrem Blatt die Winde kosen.
Schlingt ihr beim Fest euch Blumen durch das Haar:
Gebt Acht, ob nicht der Thau die Stirn euch feuchtet;
Der Thau von Perlen, purpurroth und klar,
Der einst das Blut von euch Erschlagner war,
Und nun als Brandmal euch vom Haupte leuchtet!

Wenn heut der Dichter seine Blüthen sucht:
Von Standrechtsgräbern muß er sie entwenden!
Er möchte beten, doch die Lippe flucht,
Daß selbst das Grab mit ihrem Haß sie schänden.
O Gott! die Liebe schläft im Erdengrund,
Sie wimmert leis, in Kerkerhaft gefangen;
Die Liebe stirbt mit qualentstelltem Mund,
Die Liebe ringt den Arm in Ketten wund,
Und rüttelt machtlos an den Eisenstangen!

Wem nicht der Haß auf finstrer Braue thront,
Den schleifen sie als Sünder durch die Gassen;
  Sie haben selbst den Dichter nicht verschont —
Und doch und doch: der Dichter kann nicht hassen!
  Er hat geliebt, weil er nicht hassen kann,
Er hat geliebt — die Lieb' ist sein Verbrechen.
  Sie thaten ja die Liebe in den Bann!
  Er hat geliebt, weil er nicht hassen kann —
Das war genug, um ihm den Stab zu brechen!

3.

Es war im März. Die Freiheit schien erwacht,
Das Volk erstand, nach seinem Recht zu fragen;
    Wir stritten heiß in blut'ger Männerschlacht,
Und wußten groß des Sieges Glanz zu tragen.
    Das war ein Jubeln und ein Freudenschrei,
Wie hat der Throne morscher Bau gezittert!
    „Schwarz, Roth und Gold — gegrüßt, du heil'ge Drei!
    Unser der Sieg! Das deutsche Land ist frei!"
So hat es laut in Ost und West gewittert!

Noch seh' ich dich an jenem Märzestag,
Da standest du auf höchstem Marktballone,
    Vergöttert fast, und tausendstimmig brach
Der Menge Beifall aus mit Jubeltone.
    Wie schlug dein Herz bei ihrer Liebe Sold,
Als sie „Des Deutschen Vaterland" gesungen!
    Und dann, als du das Banner, schwarz-roth-gold,
    Flammenden Blicks in freiem Land entrollt —
Wie jauchzten sie, als da dein Wort erklungen:

„Männer!
Bürger und Brüder!
Grüßet entblößten
Hauptes das Banner,
Das da ein Zeichen
Sei von der Größe
Und von dem Ruhme des deutschen Volks!

„Wieder
Deckt mit dem freien
Hute das Haupt dann!
Denn von dem heutigen
Tage des Siegs an
Seid ihr ein freies,
Segenumstrahltes, starkes Geschlecht!

„Und so laß ich dich
Flattern, du deutsches
Banner, frei in befreiter Luft!
Sammeln sollst du
Unter dir alle
Einigen Stämme des deutschen Bluts!
Rauschen sollst du
Auf allen Meeren!
Sollst uns ein Zeichen
Werden der Liebe,
Das da geleitet
Alle Gedrückten,
Alle Verwaisten,
Alle Verzagenden
Froh auf den Weg zum heiligen Licht!

„Ich schwinge die Fahne gen Westen!
Wo zwei mächtige,
Starke Völker
Wohnen in Liebe,
Die da zuerst der Freiheit die Gasse
Brachen im Schimmer des Morgenroths.
Fürchtet sie nimmer!
Denn seit dem heutigen
Tage des Ruhmes
Fürchtet der Deutsche
Nichts auf der weiten, der herrlichen Welt
Aber in Liebe
Lasset uns gründen,
Bauen mit ihnen den Tempel des Lichts!

„Ich schwinge die Fahne gen Norden!
Und so grüß' ich mit ihr das geliebte,
Einige, mächtige Vaterland!
Flattern doch heute
Diese heiligen
Farben des Volkes
Über das ganze deutsche Reich!
Rauschen im Winde
Über der Ostsee,
Grüßen den weißen
Ponlischen Adler;
Winken dem schwarzen
Adler des Russen stolz und fest;
Auf denn, o Banner!
Auf denn, im Bund mit unserem Adler!
Wehe ihm zu aus den Falten im Winde

Vorwärts, o Adler!
Muthigen Auges
Immer zur Sonne —
Vorwärts, vorwärts zum heiligen Licht!

„Ich schwinge die Fahne gen Süden!
Grüßend mit ihr die
Völker, die freien,
Die, uns zum Heile,
Vor uns errangen der Freiheit Ruhm!

„Ich schwinge die Fahne gen Osten!
Völker sind dort,
Die noch des Tages
Nicht sich erfreuen,
Welcher auf uns sich
Golden und strahlend herabgesenkt!
Auch vor ihnen
Fürchte dich nimmer!
Deutsches Banner,
Ihnen auch sollst du
Glänzen als Bild der
Sonne des Morgens,
Die uns zum Kampfe
Leuchtet um Freiheit
Und um des Menschen ewiges Recht!

„Und so heb' ich dich,
Herrliches Banner,
Hoch in die jubeldurchtönte Luft!

Und so ruf' ich:
Lebe das große,
Lebe das ewige,
Einige, heilige deutsche Reich!" — —

Ein Jahr verstrich — und Alles wie zuvor!
Von unserm Kampf ist nur die Schmach geblieben;
  Kein lautes Grollen stört des Herrschers Ohr,
Die Freien sind geächtet und vertrieben.
  Sie irren ruhlos um in fremdem Land:
Deutschland und Polen — Eins im Schmerz geworden!
  Und wer die Rast am Heimatufer fand,
  Dem winkt' ein Grab, wo seine Wiege stand,
Oder ein Kerker auch im kalten Norden!

O mahnt mich nicht an euer Strafgericht —
Ich müßte fluchen mit erhobnen Händen!
  Ihr kennt den Tod vielleicht, die „Gnade" nicht,
Die — mehr als Tod — ihr Opfer weiß zu schänden!
  So tödtet sie, wenn ihr sie hassen wollt,
Laßt ihre Kühnheit mit dem Schwert sie büßen!
  Nur — bei dem Blitz, der aus den Lüften rollt! —
  Nur schändet nicht der Mannesehre Gold,
Und tretet nicht das Heiligste mit Füßen!

4.

Sein Auge brannte hell,
Es glühten seine Wangen,
Als er zum letzten Mal
Zu Weib und Kind gegangen.
An Rhein- und Neckarstrand
Erscholl der Ruf der Schlacht —
Da hat er für das Vaterland
Sein Leben dargebracht.

Die Abendglocke klang,
Es schliefen schon die Kleinen;
Er küßte ihre Stirn
Im Schlaf mit stillem Weinen.
Das treue Weib umschloß
Sein Arm zum letzten Mal,
Und eine Mannesthräne floß
Beim feuchten Mondesstrahl.

So stürmte er hinaus
Ins wilde Kriegesleben,
Wo Todesengel kalt
Des Menschen Schicksal weben.

Brutus! schläfst du?

Der Freunde Wall zerbricht,
Von Leichen starrt das Feld —
Er aber steht und wanket nicht,
Ein jeder Zoll ein Held.

Dann traf die Kugel ihn,
Bleich wurden seine Wangen;
O Gott! es haben schon
Die Schergen ihn gefangen!
Von seiner Schläfe rann
Das rothe Heldenblut —
Doch mehr als Todesqual ersann
Ihm seiner Feinde Wuth.

Sie brachen ihm den Stab
Und haben ihn gerichtet,
Weil muthig der Poet
Sein Lied zur That gedichtet.
In seine Zelle bringt
Kein Früh- und Abendroth,
Bis einst sein Freiheitslied ihm singt
Der Welterlöser: Tod!

5.

Kennt ihr die Mähr aus längst verschollner Zeit,
Wie man Verbrecher lebend einst begraben,
 Weil sie der Götter Heiligthum entweiht,
Und sich der finstern Mächte Fluch ergaben?
 's war eine Strafe, die der Haß erdacht,
Von der das Volk sein reines Antlitz kehrte,
 Vollzogen von des Henkers Arm zu Nacht,
 Wenn Alles stumm, und rings kein Aug' gewacht,
Das seinem Amt mit heil'gem Zürnen wehrte.

 Dann kam der Tag. Sein lächelnd Angesicht
Hat nicht des Sünders letzten Kampf gesehen;
 Er steigt ins Thal mit seinem goldnen Licht,
Und Morgenlüfte durch die Felder wehen.
 Der Mond nur hat geschaut ein brechend Aug',
Und barg sein Haupt in einer Wolke Schleier;
 Der Haß entfloh — es klingt der Liebe Hauch
 Beim ersten Morgenstrahl um Blüth' und Strauch,
Und selbst das Grab umglänzt der Liebe Feier.

Heut sind sie schlimmer noch, als dazumal:
Sie lassen schamlos Speer an Speer erblinken,
  Ihr Werk ist Mord bei hellstem Sonnenstrahl,
Und grausend sieht das Volk die Häupter sinken.
  Nicht mehr Verbrecher trifft das Henkerschwert -
Nein: wer der Liebe heil'gen Spruch verkündet!
  Es ward zum Beil, mit dem der Hals sich wehrt,
Zum Blitz, der in die höchsten Stämme fährt
Und rings die Welt in Kriegesbrand entzündet!

Im Grabe selbst ist keine Ruhe mehr;
Schakalen gleich, durchwühlen sie die Erde,
  Begrabne zerren sie zum Marktplatz her,
Daß auch das Todte noch entheiligt werde.
  Denn wer in euren Kerkern einsam klagt,
Ist lebend todt, und zählet zu den Todten!
  Ihr habt das Grab um seinen Spruch befragt —
Der Todte naht, und seine Lippe sagt
Denselben Gruß, den einst sie euch geboten:

      „Ich bin Ich!
    Was doch sucht ihr
    Bei den Gewürgten?

      „Ich bin Ich!
    Was ich im Leben
    Muthig bekannte:
    Das auch bekenn' ich
    Heut mit den bleichen
    Lippen des Sterbenden,
    Den ihr lebendig
    Stießt in des Todes ewige Nacht!

„Ich bin Ich!
Seit ich empfinde,
Hielt sich mein Herz
Nicht zu den Reichen,
Nicht zu den Mächtigen —
Nein, zu den Armen,
Zu den Gedrückten im Volke!

„Mögt ihr mich hassen,
Weil der Verstoßene
Seine Hand in die meine schlägt: —
Nimmer geschändet
Ward ein gewaltiger,
Großer Gedanke,
Weil sich zu ihm die
Zöllner und Sünder
Freudig bekannten!
Ich bin Ich in Leben und Tod!

„Wehe den Mördern,
Die mich in einsamer
Zelle begruben,
Wo in die öde
Stille des Todes
Dringet kein Ton der kämpfenden Welt!
Quälend umstarrt mich
Frostig und trüb der eisige Nord!
Darf ich doch nimmer
Selbst durch des Gitters
Hemmende Stäbe
Schauen die Thränen,
Die um mich weint ein herrliches Weib!

Und so kehr' ich,
Segnend die Freien,
Wieder zum Grabe,
Todt im Leben, und lebend im Tod!"

Nun sitzt er wieder bleich und kummervoll
In seiner Zelle nachtumflorten Wänden,
    Allein mit seinem Schmerz und seinem Groll,
Die Spule drehend mit geschäft'gen Händen.
    Kaum, dass ein Lied um seinen Kerker klingt,
Kaum, dass ein Vöglein ihm den Lenz verkündet:
    Den Frühling, wo auch seine Fessel springt,
    Wo eine Welt den Psalm des Friedens singt,
Und frei und stolz der Liebe Tempel gründet!

(Nach Viktor Rabineau.)

„Sie sprachen: ‚Laßt uns sehn, ob nicht des Kerkers Enge
    Des Sünders Trotz bezwingt, das Herz geschmeidig schafft!‘
Und sie verdammten mich, den Vater der Gesänge,
    Die jedes Herz durchglühn, zu dieser ew'gen Haft!
Auf lebenslang — o Gott! — die Tage ziehn gleich Wochen,
    Wenn uns der Zelle Nacht zur Nacht des Stumpfsinns
        reißt,
Fern von des Lebens Lust wird bald der Geist gebrochen —
        Verschonet meinen Geist!

„Als ihr in banger Nacht empor vom Schlafe schrecktet,
    Hat euer Hirn vielleicht der Milde Gluth durchloht;
Indeß ihr eure That mit heil'gem Spruch bedecktet,
    Spracht ihr: ‚Entsagen laßt uns gnädig seinem Tod!‘
O, wenn euch je ein Strahl der Menschlichkeit geworden,
    So wißt: es war Betrug, was ihr als „Gnade" preist;
Ihr schonet meinen Leib, doch um den Geist zu morden —
        Verschonet meinen Geist!

„Ach, lieber noch den Tod, den nur der Feige scheuet,
    Ach, lieber jene Pein, da schnell die Hülle stirbt,
Als diese Einsamkeit, wo keine Rast uns freuet,
    Wo Denken und Gefühl in öder Qual verdirbt!

Wollt ihr in blinder Wuth die That des Gegners richten,
  So brauchet Gift und Schwert, das sichern Tod verheißt:
Doch ward euch nie ein Recht, die Seele zu vernichten —
  Verschonet meinen Geist!

„Als ihr mich fortgesandt in diese Kerkerwände,
  O, glaubtet ihr, mein Herz sei todt und ausgeglüht?
Noch braust die Leidenschaft, ein Stürmen ohne Ende ...
  Wie soll ich bändigen, was meine Brust durchsprüht?
Die Liebe ruf' ich an — doch all mein heißes Flehen
  Entsteigt dem tollen Kampf, der mein Gehirn durchkreist,
Seit ihr mir selbst verwehrt, mein Weib und Kind zu sehen—
  Verschonet meinen Geist!

„Mein Hoffen ist verweht; mir raubt der Zelle Dunkel
  Des Körpers und zugleich des Geistes letzte Kraft;
Umsonst beschwör' ich heut des Wissens Sterngefunkel,
  Ach, jeder Stern erlosch in dieser trüben Haft!
Ich seh' bei Nacht und Tag in meiner Zelle Räumen,
  Wie eines Todten Hand rächend gen Himmel weist;
Mein Haupt umnachtet sich zu schreckensvollen Träumen —
  Verschonet meinen Geist!"

7

Ein Dichter warſt du und ein Troubadour,
Dein Lied erklang wie leiſes Frühlingswehen;
„Otto der Schütz,“ das Kind der Maienflur,
Sahſt du vertraut durch Land und Herzen gehen.
Und was an Rheinesſtrand der Dichter ſang,
Es las das Volk in allen deutſchen Gauen,
Und Liebesluſt und -leid hinüberklang
Aus deinem Lied zu Deutſchlands Frauen.

Sieh her, das Volk — des Herrſchers Königin —
Gab ihrem Sänger von der Bruſt die Roſe;
Der finſtre König zürnt in ſtolzem Sinn,
Daſs mit dem Dichter ſeine Gattin koſe.
Der aber drückt die Roſe an den Mund —
„Des Volkes Liebe“ iſt die Sängerblume! —
Und hat, ein Held, geweiht von jener Stund'
Sein Leben ſeinem Heiligthume.

Da grollt der Fürſt: „Mein Volk, du falſche Braut,
Du meine Magd, befleckſt die Herrſcherehre!“
So pricht er wild, und ſpringt empor — o ſchaut! —
Und nach dem Sänger fliegt die blanke Wehre.

Ha! gut gezielt, blutdürstiger Tyrann,
Auch diesen Streiter hast du uns vernichtet!
　　Doch kommen wird dereinst ein Tag — und dann
　　Seist du nach gleichem Recht gerichtet!

　　Sahst du den Greis, der mit dem Dichter zieht?
Er floh den Saal mit seines Sohnes Leiche;
　　Da draußen singt er dir ein schaurig Lied —
Entsetzt erbebt dein Sklaventroß, der bleiche.
　　Kennst du das Lied? Es heißt: „Des Sängers Fluch!“
Das klingt und singt dir ewige Vernichtung!
　　„Fluch dir, Tyrann, der mir mein Kind erschlug!“ —
　　So spricht der Genius der Dichtung.

Ein freies Lied am Fürstenthron!
Ich weiß: ihr liebt die Lieder.
Gebt ihn heraus, der Freiheit Sohn,
Gebt uns den Dichter wieder!
Der Adler strebt zum Sonnenlicht,
      In Lüften schwebt der Weih' —
Wir bitten nicht, wir betteln nicht,
      Wir fordern: Gebt ihn frei!

Ihr habt die Macht in eurer Hand,
      Die Macht von Gottes Gnaden;
Was kann im todten Vaterland
      Ein freier Geist euch schaden?
Euch schirmen Wall und Kugel dicht,
      Soldat und Klerisei —
Wir bitten nicht, wir betteln nicht,
      Wir fordern: Gebt ihn frei!

Schaut her! das ganze Lumpenpack
      Will frei den Dichter sehen;
So öffnet eurer Gnade Sack,
      Und heißt uns friedlich gehen!

Eh' euer stolzer Thron zerbricht,
    Sprecht einmal doch: „Es sei!" —
Wir bitten nicht, wir betteln nicht,
    Wir fordern: Gebt ihn frei!

Und hört ihr nicht auf unser Wort,
    So fürchtet unsre Thaten!
Es wächst das Lied zum Schwerte fort,
    Wir werden selbst uns rathen!
Wir rufen Strang und Strafgericht
    Auf euer Haupt herbei —
Wir bitten nicht, wir betteln nicht,
    Wir fordern: Gebt ihn frei!

9.

Komm her, mein liebes Kind!
Lehn deine heißen Wangen
    An meine Brust geschwind,
Ich will dich treu umfangen.

    Ein Märchen wieder soll
Ich heute dir erzählen?
    Dein Herzchen glüht so toll —
Muß wohl ein neues wählen!

. Ein stolzer König war,
Der trug nicht Reif, noch Krone,
    Und saß doch manches Jahr
Auf goldnem Dichterthrone.

    Es war sein lustig Reich
Die Poesie geheißen;
    Sein Volk gehorcht' ihm gleich:
Die bunten Liedesweisen.

Er hieß sie lustig fliehn
Hinaus in alle Lande,
Und um die Herzen ziehn
Viel' starke Liebesbande.

Es sprach ein jedes Lied:
„Der König will in Gnaden,
Was sich in Zwietracht schied,
Zum Fest des Friedens laden.

„Der Himmel ist so blau,
Als wollt' er uns umfassen,
So schön sind Wald und Au —
Kann denn der Mensch nur hassen?

„Laßt uns in Frühlingslust
Der Freiheit Tempel gründen,
Und neu in jeder Brust
Der Liebe Gluth entzünden!"

Die Welt, vom Hasse wild,
Hat froh das Lied vernommen,
Ein Frühlingssäuseln mild
Ist durch das Land gekommen.

Es war im Monat März,
Da haben sie geschrieben:
„Frei soll das Menschenherz
Den freien Bruder lieben."

Doch weh, aus kaltem Nord
Zog her der Fürst der Lüge,
Daß er mit List und Mord
Den Lenz in Fesseln schlüge.

Sein treulos Spiel gelang,
Die Menschheit liegt in Ketten.
Wer mag in Freiheitsdrang
Den Liederkönig retten? ...

„„Und dann?"" — Das Märchen ist
Für heute aus, mein Knabe.
Frag, wenn du größer bist,
Wo ich das Ende habe.

Dann geb' ich dir ein Schwert
Und lehr' dich kühn es schwingen, —
Dann magst du, stark bewehrt,
Dir selbst das Ende singen!

Dann wollen wir vereint
Der Freiheit Tag ersehnen! —
Jetzt geh! die Schwester weint,
Küß ihr hinweg die Thränen!

10.

Der Freiheit Stunde schlug. Es lag in wüstem Traume
Der Wächter Söldlingsschar. Am weiten Himmelsraume
   Erlosch der Sterne Schein, des Mondes bleiche Pracht.
Vorm Zuchthausfenster ging mit abgemessnem Schritte
Der Schildrer auf und ab; es hallten seine Tritte
   Gespenstig durch die finstre Nacht.

Der Sänger lauschte still. Sein Ohr vernahm die Schläge
Der tiefen Mitternacht; sie schollen dumpf und träge
   Hinüber von dem Thurm in seiner Zelle Kreis.
Den Krieger hört' er stumm und ernst vorüberschreiten, —
Da ließ er von dem Kreuz die Stricke niedergleiten
   An seines Kerkers Mauern leis.

Und wieder ging vorbei mit abgemessnem Schritte
Der Schildrer ernst und stumm; es hallten seine Tritte
   Gespenstig durch die Nacht zum Kerkerraum empor.
Ein Schwung! Und Keiner sah den Sänger niederschweben—
Nur drunten hörte man des Kriegers Tritt erbeben,
   Der sich im Windeshauch verlor.

Dann schritt der Sänger leicht hinüber zu den Rossen,
Die nah gesattelt stehn, und gleich dem Blitze schossen,
　Der aus den Lüften zuckt, die Renner durch das Feld.
Hui, wie vom Sporenstoß gejagt die Flanken schäumten,
Wie sich beim Peitschenschlag der Mähnen Kämme bäumten!—
　So ritt er in die freie Welt.

Und vor dem Fenster ging mit abgerissnem Schritte
Der Schildrer auf und ab; es hallten seine Tritte
　Gespenstig immerzu, wie früher, durch die Nacht.
Mit einem Male fuhr zusammen er erschrocken —
Denn von dem Thurme gellt der Ruf der Sturmesglocken,
　Der Lärmkanone Schuß erkracht!

Wozu doch wolltet ihr des Freien Haupt zertreten?
Warum verfolgtet ihr den Dichter und Propheten? —
　Ihn schirmt in Noth und Tod der Götter mächt'ge Hand.
Wie einst zu Petrus; seht zu ihm den Engel schreiten,
Und segnend seinen Fuß zum Kerkerthor geleiten
　Hinüber in der Freiheit Land!

Das Kasematten-Parlament in Rastatt.

(1849.)

Der Tag ist um — sie mögen rasten!
 Sie müßten ja vom Morgenroth
Bei Frost und Kummer, Grimm und Fasten
 Sich für das Stückchen Kerkerbrot;
Sie mußten ohne Wort und Klagen
Den Karren ziehn, die Steine tragen,
 Daraus man ihre Zwinger baut;
Sie mußten Deich und Wälle schanzen,
Des Siegers Ackerfeld bepflanzen,
 Das noch von Kämpferblut bethaut.

Wohl Mancher ließ die müden Arme
 Hinsinken auf den kalten Stein,
Und Manchem schnitt — daß Gott erbarme! —
 Der Ost durchs zitternde Gebein.
Wohl Manchem fiebert's im Gehirne,
Und Manchem brannte noch die Stirne,
 Darauf die Wunde blutig klafft —
Doch auf den Nacken ließ der Sbirren
Verruchte Hand die Peitsche schwirren,
 Bis er zu neuem Werk sich rafft.

Nun sank der Tag — im Dämmergrunde
  Verschwimmt des Abends letzter Schein;
Den Schächern auch ertönt die Kunde:
  „Vorüber heut des Schaffens Pein!"
Zerlumpten Kleids, am Fuß die Kette —
So wandeln sie zur Schlummerstätte,
  Unheimlich knarrt das Eisenthor;
Einzieht die Schar mit blassen Wangen,
Der Schließer prüft die Kerkerstangen,
  Und schiebt den Riegel zögernd vor.

Sie sind allein, es harrt im Saale
  Das schwarze Brot, der Wasserkrug;
Sie kosten stolz vom schlechten Mahle,
  Und schlürfen gierig Zug um Zug.
Ein Leben Das, und Das ein Rasten!
Ein Bissen Brot — die Henker praßten! —
  Und dort ein Bündel faules Stroh,
Daß zu erneutem Tageswerke
Den müden Leib der Schlummer stärke,
  Wenn ihm für heut die Kraft entfloh!

Der Posten späht, Gewehr im Arme,
  Daß nicht die Schar das Schweigen bricht;
Stumm soll sie sein in ihrem Harme —
  Doch wie! gehorcht der Sklave nicht?
Zusammen treten sie mit braunen
Gesichtern ernst und still, und raunen
  Vom Weh, das in der Seele brennt;
Sie fürchten nicht das Loos der Schächer,
Sie wählen trotzig gar den Sprecher
  Zum Kasematten=Parlament.

Seht her! Das war ein ander Tagen,
Ein Wort, von andrer Gluth getauft,
Als wo um Gold die Menschheitsfragen
Ein Professorenvolk verkauft!
Das war kein Prahlen und kein Schwätzen,
Kein blumenduftig Wortesetzen,
Kein nachtumhüllter Freiheitsmord;
Das war kein sittsam Hundewedeln —
Das war aus harten Denkerschädeln
Ein unerbittlich Richterwort!

Ja, seht! Das sind die Proletaren,
Der Zukunft Rächerparlament,
Das nur ein machtlos Wort des Zaren
Vom hellen Tag des Sieges trennt.
Gefangen im Verbrecherreigen,
Erwählen sie der Nächte Schweigen
Zu Waffenbahn und Kriegeszelt,
Und hinter Riegel, Schloß und Gittern,
Wie in des Kampfes Ungewittern,
Verhandeln sie das Loos der Welt.

„Zum Werke, Volk der Kasematten!"
Der Sprecher ruft's am stillen Ort;
„Eröffnet Sitzung und Debatten —
Trotz Blei und Pulver frei das Wort!"
Und wie sich finster überm Meere
Zusammenziehn die Wolkenheere,
Daraus die zackige Lohe schießt,
So harren sie in dumpfem Grollen,
Bis ihres Zornes Kelch, den vollen,
Der Eine so zur Erde gießt:

„Von Neuem ging der Kampf verloren,
    Auf den wir unser Heil gebaut,
Weil noch einmal den klugen Thoren,
    Den Weltbeglückern, wir getraut!
Dem Banner folgten wir, dem falben,
Die Schlechten waren's und die Halben,
    In deren Hand der Würfel lag —
Und nimmer anders wird es kommen,
Bis einst das Volk, von Haß entglommen,
    Die ganze Freiheit fordern mag!

„Sie fragten noch mit ernstem Munde
    Nach Mark und Grenze, Schärp' und Band,
Und wußten doch: es hat zur Stunde
    Der arme Mann kein Vaterland!
Und wußten doch — sie mußten's wissen! —
Daß, wenn die Fessel hier zerrissen,
    Auch dort der Thron in Flammen steht,
Und daß beim Fall zerbrochner Kronen
Von Nation zu Nationen
    Das rothe Freudenbanner weht!

„Ja, wieder hat man uns betrogen,
    Durch deren Arm die Menschheit lebt,
Und denen, wenn zum Kampf sie zogen,
    Der Erde morscher Grund gebebt;
Die nur geboren, um zu sterben,
Die, ewig schaffend, nie erwerben,
    Die nur der Schmerz zu Menschen tauft:
Das Mal der Knechtschaft an der Stirne,
Und deren Tochter sich zur Dirne,
    Zum Sklaven sich der Sohn verkauft!

„Gold! Gold! Um dich auf blut'ger Sohle
  Durchschweift die Welt der Reichen Heer,
Es treibt sie fort von Pol zu Pole,
  Es jagt sie über Land und Meer.
's ist nicht der Geist, der gluthentflammte,
Der ihres Wuchersinns verdammte
  Geschwader in die Fremde trug;
Die Welt ein Krämerhaus der Waaren —
Und selbst die fernsten der Barbaren
  Verschonte nicht des Goldes Fluch!

„Sie haben Land und Meer bezwungen,
  Die Erde dient dem Krämertroß,
Der Schacher feilscht in allen Zungen,
  Und dampfend knirscht das Eisenroß.
Das alte Leid! Die Bettler darben,
Für uns die Saat — für euch die Garben,
  Besteuert Boden, Fleisch und Licht!
Der Hunger webt an allen Enden,
Ihr wühlt im Gold mit vollen Händen —
  Doch uns ernährt die Erde nicht!

„So muß denn neu der Kampf beginnen,
  Der unser Gut dem Volk erschließt,
Das ihr bei Motten und bei Spinnen
  Erbarmungslos verderben ließt!
Die Zügel reißen schon, die straffen,
Und bei dem Zornesschall der Waffen
  Schlägt euch die Freiheit in den Grund!
Für Alle Licht und Lust und Leben —
Und mit dem Feuersaft der Reben
  Besiegeln wir den Völkerbund!"

Er schwieg. Um seine Wangen hauchte
  Der Siegeszukunft stolze Gluth,
Und in der Brüder Herzen tauchte
  Sich tönend seiner Rede Fluth.
Kein Jauchzen drang, kein Beifallrufen,
Wie um der Rednerbühne Stufen,
  Aus jener Hörer Kreis empor;
Sie ließen dumpf die Kette klingen,
Und huben grollend an zu singen
  „Das Lied vom Brot" in finsterm Chor.

Seht diesen Geist in Haft und Banden,
  Wie ihn die Hoffnung kühn umlacht!
Für diese Feuerworte standen
  Die Leiber in der Todesschlacht!
Von dieser Kampfesweise tönten
Die Klänge jüngst im Feld und höhnten
  Der Königsschergen freche Lust;
Und was die Henker heut verdammen:
Es ist der Weltgeschichte Flammen,
  Durch Nacht und Nebel siegbewußt!

Ein Reden, Singen, Zornesleuchten —
  So ging es fort die halbe Nacht,
Bis dann ein Fieberschlaf auf feuchten
  Strohlagern sie zur Ruh' gebracht.
Vielleicht, daß in dem Kerkerraume
Der Eine noch in wachem Traume
  Zu laut die Marseillaise sang;
Dann durch das Gitter schoß die Wache —
Ein geller Schrei — und „Rache! Rache!"
  Erscholl es düster und verklang.

Frühlings-Erscheinung.

Sie saßen beim Weine, beim funkelnden Weine,
Und leerten die dampfende Bowle.
Es blinkten die Gläser mit lustigem Schein,
Und lustiger Trinkspruch ertönte darein:
    „Daß der Teufel die Ängstlichen hole!"
Wie schnob von Osten so kalt der Wind!
Sie füllten die Gläser: — „Der Tag beginnt,
    Ihr Brüder, gedenkt der Parole!"

Da sprach der Eine: „In Wintersnacht
    Liegt noch die Erde gebunden.
Wir haben den Sommer zu froh durchlacht —
Nun trifft uns des eisigen Winters Macht,
    Und es brennen so schmerzlich die Wunden.
O sagt — und schleudert die Gläser weit! —
Wann naht die sonnige Frühlingszeit?
    Wann enden die bleiernen Stunden?"

Der Andere hob sein Glas und sprach:
„Was scheren uns Eis und Kosacken?
Was schiert uns der Winter auf Flur und Hag? —
Getrunken, gejubelt beim Zechgelag!
  Wollt nicht mit Grillen euch placken!"
Da rief der Dritte: „Verfluchter Hund!
Dir schließe der rächende Blitz den Mund,
  Und spalte den knechtischen Nacken!

„Zerbrich, o Frühling, zerbrich das Eis!
  Den Strom, die Fluthen entriegelt!
Trag uns vor das schimmernde Friedensreis,
Trag vor das Banner der Schlacht, — und sei's
  Ein Kampf, mit Blute besiegelt!" — —
Aufging die Thüre, und vor ihm stand
Die Fee des Frühlings im Lichtgewand,
  Im Blick Verklärung sich spiegelt.

„„Du riefst — ich komme! Du hast vertraut —
  Ich will deiner Hoffnung entsprechen!
Es fliehn die Gespenster, der Morgen graut,
Mag dräuen der Winter: emporgeschaut!
  Der Lenz, der Lenz soll euch rächen!
Heißt mich Frühling, — Freiheit, — Rebellion!
Harrt aus! ich helfe euch morgen schon
  Das Joch des Winters zerbrechen!"""

Drittes Buch.

18??

STIMMEN·AUS·DERZUKUNFT

VON·

A. . . . . TROLTMANN

Prolog.

Fragt, wer ich sei? — ich will euch Antwort geben;
Ruft mich zum Kampf — schon reit' ich in die Schranken!
Das Lied mein Speer — ich weiß ihn stark zu schwingen,
Mein Panzerkleid die stählernen Gedanken!
Mein Handschuh liegt — wer wagt ihn aufzuheben?
Auf Tod und Leben gilt das blut'ge Ringen!
Die Schlachtfanfaren klingen,
Der Herold ruft . . . Wo ist ein Held der Lüge,
Der gegen Wahrheit kämpft und Licht und Liebe,
Und den mit scharfem Hiebe
Mein gutes Schwert im Männerkampf erschlüge? —
O daß ein Blitz dies edle Dunkel lichte,
   Ob auch der Tod das Werk des Friedens dichte!

Mein Herz erglüht von Liebe —
Doch mag ich nicht mein Haupt in Träumen wiegen,
Die vor dem ersten Frührothsstrahl erblassen;
Und geht durch Tod und Hassen
Der Weg zum Licht: — doch wird die Freiheit siegen!
Ob sie durch Kampf den Völkerlenz sich bahne:
Roth ist die Lieb' und roth der Menschheit Fahne!

Neujahrsnacht.

Sie schwangen nicht die Becher,
Gefüllt mit rothem Wein —
Was mögen wohl die Zecher
Für düstre Freunde sein?

Brutus! schläfst du?

Es war die zwölfte Stunde,
    Sie saßen stumm im Saal,
Die finstre Tafelrunde,
    Rebellen allzumal.

So lauschen sie mit Schweigen
    Der Glocke letztem Ton,
Bis zu der Väter Reigen
    Das alte Jahr entflohn;
Das Jahr mit seinen Schmerzen,
    Das Jahr mit seinem Leid,
Das Jahr verrathner Märzen,
    Betrogner Frühlingszeit.

Dann greifen sie die Becher,
    Und führen sie zum Mund,
Und leeren, ernste Zecher,
    Sie schweigend bis zum Grund;
Sie sitzen ohne Scherzen
    Und ohne Sang und Klang —
Nur daß ein Pfeil der Schmerzen
    Aufs Neu' die Brust durchdrang.

Wie fragend hebt der Eine
    Sein dunkles Aug' empor,
Und schaut beim Lampenscheine
    Auf seiner Freunde Chor.
Sie senken Aug' und Wangen
    Verhärmten Angesichts:
„Das alte Jahr vergangen —
    Das neue? . . . wieder Nichts!"

Sie haben treu gestritten
Gen Lug und Niedertracht,
Sie standen fest inmitten
Der heißen Völkerschlacht,
Ihr Land hat sie verrathen,
Verkauft ihr falscher Gott;
Sie säten Freiheitssaaten,
Und ernten Hohn und Spott.

Indeß der Haß die Zähne
In Zorn zusammenbeißt,
Dünkt mich, daß eine Thräne
Vom Aug' sich blutend reißt.
Kann denn die Sonne scheinen
In dunkler Todesnacht?
Kann denn der Haß noch weinen,
Zu lindem Schmerz entfacht? . . .

Es blinkt' ein Hoffnungsschimmer,
Der bald erloschen war;
„Die Freiheit kehrt ja nimmer —
Glückauf zum neuen Jahr!"
Sie schleichen heim im Sturme,
Im Herzen Gram und Spott;
Der Wächter bläst vom Thurme:
„Nun danket Alle Gott!"

———

2.

Volk und Fürst.

Was irrt am Bettelstabe
    Das Volk durch Stadt und Land?
Die Armuth seine Habe,
    Und Lumpen sein Gewand!

Sie liegen auf den Gassen,
  Das Haupt am Pflasterstein;
So nickt der Tod die Blassen
  Zu ew'gem Schlummer ein.

Verhungert und erfroren,
  Verblichen und verhärmt! —
„Was haben auch die Thoren
  So wild im März gelärmt?
Was wollten sie in Scherben
  Zerhaun des Thrones Pracht?
Nun mag die Brut verderben
  In kalter Wintersnacht!" —

„„Herr König, habt Erbarmen,
  So eisig winkt der Tod!
O schenket mild dem Armen
  Ein Stücklein schwarzes Brot!"" —
Der König spricht mit Lachen:
  „Reicht Brot dem Volke dar!
Ich will euch ruhig machen,
  Verfluchte Bettlerschar!"

„Allons!" Die Hähne blitzen,
  Die Kugel fährt ins Herz,
Die Reitersäbel flitzen
  Zermalmend niederwärts;
Kartätschenschlünde krachen
  Bis spät zum Abendroth.
„Ich will euch ruhig machen!" . . .
  Das war ein Fürstenbrot.

Und Ruhe rings und Stille,
  Im Grab ist Frieden doch!
Es war des Königs Wille —
  „„Der König lebe hoch!““
Der Sieger macht die Runde,
  Sein Mantel wallt wie Blut;
Und ruhig ward zur Stunde
  Die bleiche Bettlerbrut.

3.

Ludwig Kossuth.

Gestählt zu neuem Streiten,
So sitzt er zu Widdin,
Und denkt vergangner Zeiten,
Der Freiheit Paladin.

So schaut er zornesmuthig
  Der Sonne Weltenlauf —
Noch immer geht sie blutig,
  Wie bei Vilagos, auf.

So blickt er tausend Nächte
  Hinauf zum Sternenzelt,
Indeß zum Kampf die Rechte
  Das Schwert umschlungen hält.
Dann faltet er die Hände,
  Und betet in die Nacht:
„Gott meines Volkes, sende
  Uns eine Völkerschlacht!"

Und als die tausend Nächte
  Vergangen trüb und kalt,
Da ruft er zum Gefechte
  Sein' Heer mit Allgewalt.
Den Feldherrnmantel schlägt er
  Um seine Schultern fest,
Und in der Rechten trägt er
  Das Schwert von Budapesth.

So tritt er vor die Menge,
  Der trotzige Rebell,
Es jubeln tausend Klänge
  Ein „Eljen, Kossuth!" hell.
Vom Auge bricht, dem dunkeln,
  Ein zorn'ger Wetterstrahl,
Und tausend Stimmen munkeln:
  „Vilagos, General!"

Der Führer lauscht dem Tosen,
Und hebet stolz sein Haupt:
„Gott schenkt uns blut'ge Rosen —
Frisch, eure Stirn umlaubt!
Den Rosenkranz im Haare,
Die Brust von Wunden roth,
So sinken wir zur Bahre! —
Zur Schlacht, zum Sieg, zum Tod!

„Laßt eure Schwerter blinken,
Ihr Söhne Arpad's all'!
Der Freiheit Palmen winken
Bei ehrnem Waffenschall!
Im Fluß ein Grab gegraben,
Ein Siegsmal ragt am Strand —
So wählt, ihr Ungarknaben!
Eljen, mein Vaterland!"

Und wie er's spricht, da heben
Sie all' die Hand zum Schwur!
„Sollst uns die Palme geben!
Frei werde Ungarns Flur!"
Dann rauscht im Morgenwinde
Das rothe Bannertuch,
Und flattert sturmgeschwinde
Voran dem Rächerzug.

Hei, wie so lustig glühet
Der helle Kriegesbrand!
In Purpurröslein blühet
Der gelbe Heidesand.

So hat noch nie die Pußte
Gebebt das Feld entlang,
Wie heut sie zittern mußte
Im wilden Schwerterklang!

Wie stürmt voran im Streite
Der Alte von Widdin!
Ein Fels zu seiner Seite
Der Held von Debreczin!
Und der im Russenhasse
Ums Haupt den Turban schlang:
Wie bricht er heut die Gasse
Sich durch der Feinde Drang!

Wohlauf zum Völkerkriege,
Wohlauf, du heil'ge Drei!
Wohlauf, wohlauf zum Siege!
Ein Kampf — dann sind wir frei!
Die morschen Zwinger fallen,
Die Mörder werden bleich;
Zerbrochen deine Hallen,
Rußland und Österreich!

Herbei zum Mahl, ihr Raben,
Herbei zum Ungarland!
Ein Grabmal steht gegraben
Dem Feind am Donaustrand!
Zwei Kronen sind zerbrochen,
Und dreißig rasseln nach,
Bis vor der Freiheit Pochen
Der letzte Thron zerbrach!

Und wenn die Schlacht zu Ende
Der blut'gen Völkerwahl,
Dann reichen sich die Hände
Die Völker allzumal.
Sie stehen fest zusammen,
Da steigt im Sonnenblick,
Ein Phönix, aus den Flammen
Die Völker-Republik!

4.

Ein Schützenfest.

Es stürmt mit Spieß und Stangen
  Die Burg der Rachelroje;
Der König saß gefangen
  Im festen Marmorschloß.
Sein Banner war zerrissen,
  Geschlagen war sein Heer —
Da birgt ins seidne Kissen
  Sein Haupt er kummerschwer.

Er steigt vom goldnen Throne
  Herab mit schwankem Fuß,
Er wirft die Königskrone
  Hinunter in den Fluß.
Wie sonst, die Wellen ziehen
  Die glatte Spiegelbahn —
Mit euch wohl möcht' er fliehen
  Stromab zum Ocean!

Doch sieh — schon bricht zusammen
  Der Veste starkes Thor;
Es schlagen rothe Flammen
  Am Schloßportal empor.
Der König sieht's mit Grausen,
  Verzweifelnd starrt sein Blick,
Und jubeln hört er draußen
  Den Ruf: „Die Republik!"

Jetzt nah und näher bringt ihm
Die heiße Flammengluth —
Vielleicht ein Sprung gelingt ihm
Durchs Feuer in die Fluth!
Schon schlägt mit glühendem Brande
Die Flamm' ihm ins Gesicht:
Er tritt zum Fensterrande —
Hindurch! dein Schloß zerbricht!

Der König ist gesprungen
    Hinunter in den Fluß,
Und wirbelnd hat gesungen
    Der Brand den Todesgruß;
Die Wellen schlagen brausend
    In weißem Gischt empor,
Dann taucht im Strome grausend
    Ein bleiches Haupt hervor.

Er rudert wild zum Strande,
    Von Todesfurcht durchgraut —
Doch weh, ihn hat vom Lande
    Des Volkes Schwarm erschaut!
Ein Wink — und hundert Kähne
    Ihm nach mit raschem Schuß;
Der König beißt die Zähne,
    Und schwimmt hinab den Fluß.

Hei, wie die Schüsse knallen
    Zum Königsschützenfest!
Hei, wie die Rufe hallen —
    Die Kraft den Schwimmer läßt.
Schon schießt der erste Nachen
    Heran mit Sturmeswuth,
Da springt mit heiserm Lachen
    Ein Zweiter in die Fluth.

Er faßt den müden Schwimmer,
    Dem schon der Abgrund droht;
Solch Ringen sah man nimmer —
    O Fürst, Das ist dein Tod!

Er packt ihn bei den Haaren,
    Und rudert ihn zum Kahn —
Ha, wie die lecken Scharen
    Den Bleichen lachend sahn!

Sie binden ihm die Hände
    Zusamm mit festem Strick,
Und jubeln ohne Ende:
    „Freiheit und Republik!"
Und weiter rauscht die Sage
    Des jungen Völkerruhms —
Das war am letzten Tage
    Des Gottesgnadenthums.

5.

Die letzte Völkerschlacht.

Was donnert von den Bergen
 Herab ins Niederland?
Was zittern rings die Schergen
 An Rhein- und Donaustrand?
Es geht ein Rufen mächtig
 Hinaus in alle Welt,
Das von den Felsen prächtig
 Ins Thal hernieder gellt:

„Auf, auf zu den Waffen, zum männlichen Strauß!
Ihr habt es gewollt — wir stehen bereit!
Es gilt für die Kinder, es gilt für das Haus,
Es gilt für die Freiheit den blutigen Streit!
  Nieder den Thron!
  Hoch Rebellion!
 Rufet die Losung mit flammendem Hohn:
  Republik! Republik!
  Die rothe Republik!

„Wir baten um Brot, und ihr habt uns gehöhnt,
Ihr habt uns in Fluch die Liebe gelehrt!
Jetzt nahet der Tod, der die Menschen versöhnt,
Jetzt naht die Verzweiflung mit rächendem Schwert!

Brutus! schläfst du?   17

Nieder den Thron!
Hoch Rebellion!
Rufet die Losung mit flammendem Hohn:
Republik! Republik!
Die rothe Republik!

„Und blieb uns denn Nichts auf der schimmernden Welt,
So blieb uns ein Schwert, und blieb uns die Faust,
So blieb uns das Licht, das die Länder erhellt,
Wenn grollend die Fluth der Vergeltung erbraust!
Nieder den Thron!
Hoch Rebellion!
Rufet die Losung mit flammendem Hohn:
Republik! Republik!
Die rothe Republik!

„Drum auf zu den Waffen, zum männlichen Strauß!
Ihr habt es gewollt — wir stehen bereit!
Und eher nicht kehren die Kämpfer nach Haus,
Bis jubelnd die Erde vom Hasse befreit!
Nieder den Thron!
Hoch Rebellion!
Rufet die Losung mit flammendem Hohn:
Republik! Republik;
Die rothe Republik!“

So singen sie, und wallen
Hinaus zur Völkerschlacht;
Die Schwerter sprühn und fallen,
Die Erde dröhnt und kracht.

Das raſſelt und Das ſchmettert,
Das haut und klirrt und ficht,
Das brauſet, ſtöhnt und wettert,
Als ob die Welt zerbricht!

Sie ſtreiten zwanzig Tage
Und zwanzig Nächte lang,
Bis daß im Wetterſchlage
Das letzte Schwert zerſprang;
Bis daß im Donnerſturme
Der Siegesruf erſchallt,
Bis daß von Schloß und Thurme
Das rothe Banner wallt.

Dann ſchmieden ſie das Eiſen
Zum friedlich ſtillen Pflug.
Durch freie Länder kreiſen
Die Völker, Zug um Zug.
Begraben ſind die Schmerzen,
Verklungen Spott und Hohn —
Frei ruht am Mutterherzen
Der freie Menſchenſohn.

6.

Erlösung.

~~~~~

Es sitzt im Schächerhause
    Ein deutscher Kriegesheld,
Und schafft in dunkler Klause,
    Bis spät die Sonne fällt.
Der Lampe Strahl erleuchtet
    Den Saal mit falbem Licht,
Und eine Thräne feuchtet
    Sein blasses Angesicht.

So saß der greise Sänger
    Im Armesünderkleid,
Und harrte bang und bänger
    Der Auferstehungszeit.
Er ließ die Hände sinken,
    Und starrte trüb ins Licht:
„O laßt mich Freiheit trinken,
    Eh' bald mein Auge bricht!"

Und wie er sinnt und schweiget,
    Da rauscht es an sein Ohr:
Ein fernes Grollen steiget
    Zum blauen Dom empor;

Das klingt wie Siegeslieder,
    Das hallt wie Schwerterklang,
Und tönt im Echo wieder
    Das grüne Thal entlang!

In Zornesroth erglühet
    Sein bleiches Wangenpaar,
Und kecke Blitze sprühet
    Sein Auge, groß und klar.
Er preßt in Kampfverlangen
    Ans Haupt die Hände beid':
„Weh, daß ich bin gefangen,
    Wenn sich mein Volk befreit!"

Da öffnet sich die Pforte
    In ihren Angeln schnell;
Es dringt zum Kerkerorte
    Manch fröhlicher Gesell.
Auf ihren Händen tragen
    Sie ihn zum Licht hinaus,
Und tausend Klänge schlagen
    Sein Ohr mit Lustgebraus.

Es will der Tag ihn blenden,
    Deß Glanz er nicht mehr kennt;
Da faßt ihn bei den Händen
    Der deutsche Präsident.
Es senket ihm zum Lohne
    Der erste Proletar
Die deutsche Bürgerkrone
    Aufs weiße Lockenhaar.

Er spricht: „„Derweil am Stuhle
    Du spannst ein Leichentuch,
Hat sich gewandt die Spule,
    Zerbrach der Knechtschaft Fluch!
In Trümmer ist zerfallen
    Das große Babylon,
Die stolzen Königshallen
    Beherrscht der Freiheit Sohn!““

Der freie Sänger schweiget,
  Weiß nicht, wie ihm geschah,
Und vor dem Volke neiget
  Sein stolzes Haupt er da:
„Heil euch, die ihr geborgen
  Des Vaterlands Geschick!" —
Das war am ersten Morgen
  Der deutschen Republik.

7.

Der Todtenwächter zu Freiburg.

Zu Freiburg liegt begraben
Manch trotziger Rebell,
Den sie erschossen haben
Am Morgen kalt und hell.

Zehn Schüsse sah man knallen,
  Ihm winkte kein Pardon —
Doch rief er noch im Fallen:
  „Marche, révolution!"

Nun ist sie doch gekommen,
  „Die ganze Rebellion;"
Mit Jauchzen hat vernommen
  Das Volk den Kampfeston.
Die Fürsten sind gefangen,
  Von Blut die Erde warm,
Gefangen und gehangen
  Ihr treuer Dienerschwarm.

Zu Freiburg an der Mauer
  Des Friedhofs bleich und stumm
Ging Nachts in zorn'ger Trauer
  Manch blut'ger Schatten um.
Der Fürst, der sie erschlagen,
  Er wurde bleich wie Kalk —
Jetzt schaut am Friedhof ragen
  Den Siegeskatafalk!

Zu Füßen sitzt des Steines
  Ein krankes Menschenbild,
Sein Auge blöden Scheines
  Starrt in die Nachtluft wild.
Gefesselt ist mit Ketten
  Am Siegesmal sein Arm,
Am Boden muß er betten
  Sein Haupt in bitterm Harm.

Doch kommt aus fernen Landen
    Ein müder Pilgersmann:
Wie hebt er in den Banden
    Den Leib, den siechen, dann!
Die blauen Adern schwellen,
    Sein Beten wird zum Fluch:
„Hier ruhen die Rebellen,
    Die einst mein Arm erschlug!"

Dann sinkt er matt zur Erde —
    Den kecken Wandrer graut,
Mit stummer Schmerzgebärde
    Sein Aug' zu Boden schaut.
Er schlägt ein Kreuz, dann flieht er
    Hinweg vom Blutaltar
Und Freiburg's Todtenhüter,
    Der einst ein König war.

Epilog.

Ich hab' im Traum den Geist der Zeit gesehen,
Der mir der Zukunft Nebelflor enthüllte.
O trübe Nacht, da mich mit Todesbeben
Der grimme Schmerz der Völkerschlacht erfüllte!
Blutrothe Zeichen schaut' ich da geschehen
Und Kriegsdämonen wild ihr Haupt erheben.

Es mußten tausend Leben
Verbluten, eh' der tolle Kampf entschieden.
Da hob ich flehend aufwärts meine Hände,
Und bat ihn, daß er ende
Das heiße Spiel in süßen Völkerfrieden:
„O laß den Kelch an uns vorübergehen!
Doch weiß ich, Herr, dein Wille wird geschehen!"

Er winkte mit der Rechten —
Und sieh, die Menschheit lag sich in den Armen;
Schon führt der Fluß die Leichen all' zum Meere,
Und durch die Wolkenheere
Bricht hell der Tag mit liebendem Erbarmen.
Vom Berge weht im Hauch der Siegeslieder
Die rothe Fahne der Versöhnung nieder.

Viertes Buch.

An Maria von Bruiningk.

Ein letzter Gruß — der Dampfer trägt uns fort,
Der Pfad nach rückwärts ist uns abgeschnitten;
    Auch uns verstößt der Heimat sichrer Port,
Zu leiden stumm mit Denen, die da litten.
    Hoiho! der Anker steigt, das Ufer flieht,
Und schaufelnd wühlt das Rad sich durch die Wellen,
    Es pfeift der Wind, der lust'ge Bursch, sein Lied,
Und läßt den Ost die leichten Segel schwellen.

    Hinaus ins Meer! Leb wohl, du deutsches Land!
Wir lassen dich — wer weiß: ob kurz, ob lange?
    Du hast seit je die Edelsten verbannt,
Daß trüb ihr Blick an fremder Erde hange.
    Fest an die Scholle band sich unser Geist,
Wir mochten dich im Schmerze nicht verlassen:
    Doch hast du nun, so weit das Auge kreist,
Nicht e i n e Hand, uns schirmend zu umfassen!

    Sieh, dort verschwimmt der letzte Küstenstreif —
Mit ihm versinkt die Hoffnung in die Wogen;
    Noch sind die Saaten nicht zur Ernte reif,
Und glänzt versöhnend nicht der Friedensbogen.

Doch stolz erheben Beide wir das Haupt,
Wie sehr die Welt des Thrones Schimmer blende
Und treu dem Sterne, dem wir einst geglaubt.
Reichen wir uns zu festem Bund die Hände.

Denn Freund und Bruder ist in dieser Zeit
Uns jeder Geist, von Freiheitsgluth entzündet,
Der sich der Zukunft heil'gem Dienst geweiht
Und kühn ihr Evangelium verkündet.
Wild um uns tobt die blut'ge Völkerschlacht,
Auf uns auch ward der gift'ge Pfeil entsendet —
Wer weiß, ob Beiden nicht in Kerkernacht,
Ob im Exil des Lebens Licht uns endet?

Du ruhst auf schwankem Boote kalt und blaß,
Weit in die Ferne ziehen die Gedanken;
Von Wehmuthsschimmer wird dein Auge naß,
Wenn trüb vorbei der Heimat Bilder schwanken.
Doch richtet stolz die Seele sich empor,
Wenn du gedenkst: warum sie dich vertrieben;
Du lachst des Sturms, den Haß heraufbeschwor,
Und trägst dem Kampf entgegen all dein Lieben!

Die Küste dort! Aufschäumt die Themsefluth,
Des freien Herzens freien Schlag zu grüßen;
Hier unser Haus, bis einst in Flammengluth
Der Fürsten Krone rollt zu ihren Füßen.
Dann klingt der Trommel Ruf in unser Ohr,
Die Fahne fliegt, zu Kampf und Sieg zu werben —
Empor die Hand, und Herz und Haupt empor!
„Der Freiheit treu im Leben und im Sterben!"

Kanzone.

Max Waldau gewidmet!

Die Welt verläßt mich und die Freunde scheiden,
Es will die Liebe mir den Kuß versagen,
Seit ich die Wahrheit mir zur Braut erkoren.
Sie hassen mich, weil ich das Band zerschlagen,
Das uns das Herz zusammenpreßt in Leiden,
Seit wir des Paradieses Traum verloren.
Sie wähnen — ernste Thoren, —
Daß sie allein zur Seligkeit erschaffen,
Und glauben's nicht, daß uns auf neuen Bahnen
Ein kindlich trunknes Ahnen
Zu heil'ger Lust vermag emporzuraffen.
Sie wissen's nicht, daß wir auch Gottesstreiter,
Die kämpfend streben weiter stets und weiter.

Brutus! schläfst du?   16

Nennt einen Strauß mir, den ich nicht gerungen,
Nennt einen Schmerz, der nicht mein Haupt durchzittert!
Die bleiche Stirn erschließt euch trübe Kunde
Von manchem Sturm, der meine Brust zersplittert;
Des Zweifels Speer ist mir ins Herz gedrungen,
Und kaum verharscht die bittre Seelenwunde.
Wann aber naht die Stunde,
Da Worte der Versöhnung euch entfließen?
Ihr zeigtet Haß, wo Liebe mich durchfluthet,
Und wenn ich einst verblutet,
Wird Keiner mir vielleicht das Auge schließen,
Wenn nicht die fromme Mutter sanft und linde
Es weinend zudrückt dem „verlornen Kinde"

Doch sei es! Nimmer soll es mich beirren,
Ob ich gehaßt durch alle Länder fliehe.
Ich glaube an das Wort der Weltgeschichte,
Und sink', ein Priester, betend auf die Kniee,
Wenn rings im Völkerstreit die Waffen klirren,
Und Blitze sprühn aus dunkler Wolkenschichte.
Was auch die Zukunft dichte —
Ich weiß den Spruch: Es giebt kein Stillestehen,
Die Menschheit muß sich ewig neu entfalten!
Wenn Form und Zeit veralten,
Hör' ich des jungen Morgens Hähne krähen.
Ein Phönix stirbt — ein neuer steigt hernieder,
Und hebt zum Licht sein schimmerndes Gefieder!

Ich bin gewandert durch die Fluth der Zeiten,
Und sah, wie stets das Todte wich dem Leben;
Verwaiste Königsburgen sah ich fallen,
Und neue Tempel sich aus Schutt erheben;
Den Frühling sah ich über Gräber schreiten,
Und mit ihm zog der Chor der Nachtigallen.
Drommeten hört' ich schallen,
Und sah die Länder glühn im Kriegesscheine,
Zerstampft die Felder von der Rosse Hufen,
Dazwischen wildes Rufen
Und Schwerterschlag am stillen Wiesenraine.
Der Lärm verklang im frohen Siegesliede,
Und segnend kehrte mit dem Lenz der Friede.

Wohl ging der süße Frühlingstraum verloren,
In dem wir einst am treuen Mutterherzen,
Gewiegt in sel'ger Kindesunschuld, ruhten.
Durchs weite All erbebt ein Riß der Schmerzen,
Seit wir des Hasses Fahne zugeschworen,
Und todesbleich am fernen Strand verbluten.
Erkaltet sind die Gluthen,
Seit wir, Natur, dein Reden nicht mehr lieben,
Das uns begeistrungstrunkne Hymnen lehrte;
Seit mit dem Flammenschwerte
Der Cherub uns aus Edens Pracht vertrieben,
Und unserm Blick die Zauberwelt verriegelt,
Wo sich der reine Mensch im All gespiegelt.

Seit da beginnt ein unabläßig Ringen,
Die Kettenlast vom wunden Arm zu streifen.
Umsonst begehrt der Mensch mit keckem Wagen,
Ein freier Pilger durch das All zu schweifen,
Verlornes Glück im Traum zurückzusingen
Und Edens Thor vermessen zu zerschlagen.
Der Heiden Göttersagen
Erzählen dämmernd uns von gleichem Sehnen;
Weil sie verlernt, ins All sich zu versenken,
So ließ ein kühnes Denken
Den Menschengeist sich durch das Weltrund dehnen;
Ein Menschenantlitz blickt' aus Fels und Baume,
Ein Menschenbild aus Sturm und Wellenschaume.

Von einem Volke tönt die schlimme Kunde,
Das seinen Gott im Tempel nur verehrte,
Und das, mit ihm verknüpft durch Kindesbande,
Auf sich allein des Himmels Segnung kehrte;
Es glaubte trotzig noch dem alten Bunde,
Und rief zu seinem Gott im Tempelbrande.
Nun irrt es durch die Lande,
Selbst heimatlos, erliegend seinem Fluche,
Weil es den Brüdern einst den Herd versagte;
Und Jehovah verjagte
Sein Volk, damit es neu die Heimat suche.
Wann ahnt des Juden bleiche Schmerzgebärde:
Des Menschen Heimat sei die weite Erde?

Und Christus kam — mit ihm die neue Lehre:
Daß alle Menschen gleich vor ihrem Gotte,
Und daß die Liebe sei das Gut der Güter.
Allein ihn kreuzigte die blinde Rotte,
Der Haß durchstach ihn mit dem scharfen Speere,
Und bleiche Furcht umstand sein Grab als Hüter.
Doch schaut - im Osten glüht er,
Der falbe Streif, der uns den Tag verkündet;
„Erstanden ist der Herr!" die Hüter fliehen,
Und tausend Beter knieen
Am Herde, den der Liebe Gluth entzündet.
Schon wird der Ruf durchs Erdenrund getragen:
„Es war ein Gott, den wir ans Kreuz geschlagen!"

Er war kein Gott — Gott ist das All - und - Eine —
Er war ein Mensch, wie ihr und ich gewesen,
Und er auch brachte nicht den süßen Frieden,
Ob er auch Alle hat zum Heil erlesen.
Er lehrt, daß erst im Tod das Licht erscheine,
Und hat den Geist von seiner Braut geschieden.
Sein Reich ist nicht hienieden,
Er lehrt den Blick zum fernen Himmelsbogen
Hinschweifen ahnend durch die Nebelflächen,
Und wenn die Augen brechen,
So flieht der Traum, den Hoffnung uns gelogen.
Nie wird der Himmel auf die Erde kehren,
Solang ein Fremdes wir in Gott verehren.

Christus ist todt! So lasst ihn ruhn in Frieden — —
Auch er hat die Erlösung nicht vollendet!
Sein Sterbelied ist durch das All erklungen,
Und eine Welt hat ihren Schmerz entsendet,
Dass immer noch im Widerstreit geschieden,
Was ewig nach Versöhnung schon gerungen.
Ein Psalm ist fortgesungen
Viel' tausend Jahr' in immer neuer Weise,
Und weiter dichtet ihn die Weltgeschichte,
Bis dass im Ätherlichte
Sich Mensch und Welt versöhnt im Einklang weise,
Bis Geist und Leib in einem Sang erklingen,
Bis frei das All, und Edens Thore springen.

Nun will ein neues Evangelium tagen,
Das uns umfängt mit weichen Liebesarmen,
Und all den Streit in sel'ger Wonne schlichtet.
Doch gilt es erst lebendig zu erwarmen,
Und jedes Götzenbild in Staub zu schlagen,
Das uns ein eitler Wahn ins Herz gedichtet.
Ein junger Frühling richtet
Sein Haupt empor, uns von der Mutter Gnaden
In seiner Tempelhallen Bau zu locken,
Und seine Maienglocken
Begehren, uns zum Friedensfest zu laden.
Herbei, herbei! Die Siegeslieder tönen,
Die Menschheit will sich mit dem All versöhnen!

Zum Himmel wird die Erde, die befreite,
Drauf nun bewußt der Mensch, der hehre, wandelt,
Und in sich selbst den ew'gen Gott gefunden,
Der frei im Zwang sich denkt, und fühlt, und handelt.
Des Mittlers künftig nicht bedarf das weite,
Erlöste All, dem Menschen neu verbunden.
Die Wolken sind entschwunden,
Ein Volk von Brüdern wallt auf Flur und Auen,
Und strahlend prangt ob all dem Festgetriebe
Der Stern der freien Liebe,
Dem Mensch und Welt in gleicher Lust vertrauen.
Frei will der Sohn ans Herz der Mutter sinken,
Und Lebensfluth von ihrer Lippe trinken.

Ja, frei der Mensch — und frei in freier Liebe!
Das ist der Spruch, der uns Erlösung kündet. —
Weh aber euch, die, grollend den Propheten,
Die Kriegesfackel ob der Welt entzündet,
Vergeblich harrend, daß die Saat zerstiebe,
Von eurer Heere dumpfem Gang zertreten.
Der Winters Stürme wehten
Darüber hin — doch ist sie nicht gestorben,
Und ahnend sehn wir schon im Frühlingsbeben
Den jungen Keim sich heben,
Wenn eure Frucht, die faule, längst verdorben.
Trotz Schwert und Beil, im goldnen Morgenlichte
Den Siegeseinzug hält die Weltgeschichte.

Es wird ein Frühling kommen,
So wahr die Herzen ihm entgegenschlagen,
Und seine Blüthen nicht erstorben wähnen;
So wahr mit heißem Sehnen
Das Auge schweift nach ferner Zukunft Tagen!
Der Frühling ruft! Der Liebe Banner fliegen —
In diesem Zeichen wird die Menschheit siegen!

Lied der Arbeiter

während des Decemberkampfes in Paris.

Sie sagen, der Würfel sei gefallen,
Sie sagen, draußen sei Rebellion;
Wir hören die ersten Schüsse knallen,
Und der Trommel lockenden Werbeton.

Wir halten uns still, wir beißen die Zähne,
Bleich ist die Wange, versiegt die Thräne,
 Das Herz schlägt ruhig den alten Schlag;
Wir blicken finster aus buschigen Brauen —
Wir wollen uns erst das Feld beschauen,
Darauf vor Monden, zerfetzt, zerhauen,
 So mancher Held von den Unsern lag!

Wir rücken an. Da sind wir zur Stelle!
 Ei was, schon Barrikaden gebaut?
Der Schreiber, der Krämer mit Maß und Elle,
 Sie steckten sich in die Löwenhaut?
Sie waren lange vergnügt, zufrieden,
Wenn ihnen der alte Gott beschieden
 Das kleine Profitchen an Senf und Talg;
Sie konnten sich fromm die Hände waschen,
Sie füllten sich mählich nur die Taschen —
Da will ein Zweiter ihr Spiel verpaschen,
 Und theuer verkauft der Fuchs den Balg.

Das sind die Wühler und Anarchisten,
 Das sind die Proletarier nicht;
Das ist, geliebte Brüder und Christen,
 Ein Wolf, der euch in die Ställe bricht;
Er will euch fangen mit „offnen Wahlen,"
Ihr sollt ihm Zuden und Heer bezahlen,
 Friseur und Koch und Kammerhusar;
Ein wirklicher Wolf! er will euch fressen,
Ihr sollt den sichern Erwerb vergessen,
Nicht mehr in Frieden den Käse messen,
 Ja, euer Schacher ist in Gefahr!

Das war zu Viel! Er raubt euch — der Schlechte! —
  Von Bürgerfreiheit den letzten Schein,
Ihr sollt des reichen Wechslers Knechte,
  Gestempelte Herrschaftsbuben sein.
Frech sollt ihr ohne Zagen und Bangen
Mit Nam' und Gewerk in der Liste prangen,
  Daß wieder Handel florir' und Kredit;
Da packt euch der Grimm die geduldige Seele —
Hilf Himmel, wie sitzt ihm dicht an der Kehle
Das Messer, wenn, trotz dem höchsten Befehle,
  Sogar Käsmichel vom Leder zieht!

Die Krieger nahn. Ein Summen und Brummen;
  Zusammen drängt sich der Gafferschwarm.
Mit schweigenden Mienen, ernst' und stummen,
  Vortreten die Jäger, Gewehr im Arm.
Die Klinge gezückt, das Rohr geladen,
Grüßt sie vom Giebel der Barrikaden
  Mit knatternder Salve der Bürgersohn.
Ihn riß die hohle Begeistrung der Stunde,
Ein kurzes Schwärmen, zu Kampf und Wunde;
Gleichviel, — er schlägt sich! vor dieser Kunde
  Mag schweigen für heut der Haß, der Hohn.

Was meint ihr, Brüder, wir sollten helfen,
  Wo kämpfende Krämer um Beistand flehn,
Und schmucke Knaben zu Zehn und Elfen
  Wie Männer den Schlünden der Söldner stehn?
Die feilen Schergen, von Blut umflossen,
Sie haben Weiber und Kinder erschossen,

Auf Greise fiel das klirrende Erz:
Nicht länger ziemt uns die träge Wache — —
Und doch, beim ewigen Tag der Rache!
Wir kämpfen nimmer für diese Sache,
    Mag zucken und bluten das wilde Herz!

Für heute nicht! — Wir stehn auf der Bühne,
    Uns treibt der Geschichte eherne Macht;
Wir kennen nur einen Kampf der Sühne,
    Der sich reimt auf den Donner der Junischlacht;
Der Junischlacht — mag Gott euch verdammen!
Wir wollten mit brausenden Lebensflammen
    Der Menschheit siechendes Blut durchglühn:
Ihr fluchtet der That, ihr höhntet die Armen,
Bei euch nicht Gnade, nicht Recht, noch Erbarmen,
Ihr schändetet selbst die Leichen, die warnten —
    Mag nun die rächende Saat erblühn!

Wir kämpfen nicht, — wir rüsten und lauern,
    Mit euch kein Friede, mit euch kein Heil!
Zum zweiten Male soll nicht die Mauern
    Bespritzen das Blut vom Schächerbeil!
Mögt ihr uns lieben, mögt ihr uns hassen,
Mögt ihr uns schmeichelnd das Knie umfassen,
    Mögt ihr winseln im Staube: — ihr kommt zu spät!
Kehrt wider den eigenen Freund die Lanze,
Umjauchzt das goldene Kalb im Tanze —
Nur denkt, daß hinter dem Mummenschanze
    Ein zweiter Kämpfer am Thore steht!

Mag siegen, wer will! — Wir sind gekommen,
   Wir haben das Schlachtgefilde beschaut;
Der Krieg ist nicht zu unserem Frommen,
   Wo Bürger und Royalist sich haut.
Die hier zur Fehde den Bund geschlossen,
Die haben uns Bruder und Sohn erschossen,
   Die sinnen uns ewig Schmach und Noth;
Die mögen sich selber im Kampf verderben!
Wir schwingen den Hut, wir sind die Erben,
Wir schlagen klirrend das Glas in Scherben: —
   Glückauf, du kommendes Morgenroth!

Den Künstlern.

Mein Lied, den Künstlern klinge heut ins Herz,
Die sich beklagen, daß mit stummem Schmerz
Ihr Haupt die Kunst verhüllt im Schwerterschallen.
Sprich: In der Künste goldnem Heiligthum
Ist nicht der einz'ge Erdengott der Ruhm,
Dem, ach, so viel der Opfer fallen!

Wer nicht vergessen kann in großer Zeit
Die eigne Lust, des eignen Herzens Leid:
Der Welle gleicht er, rechtend mit dem Strome;
So tönt im Dunkel ein verlornes Lied,
Gehört von Keinem, wenn um Schilf und Ried
Es trüb verklingt im Weltendome.

Ihr saht den Himmel in Gewitterpracht;
Auf schwarzen Rossen flog die Wolkenjagd,
Und zackiger Blitz entfuhr im Kampf den Schlünden —
Ihr bebtet nicht um Haus und Gartenflur,
Und Keiner sprach: „Es wird die Flammenspur
Das keimende Gefild entzünden."

Was zagt ihr drum, wenn heut der Freiheit Sturm
Umbrauſt verwitterter Paläſte Thurm,
Und bebt, er mög' in eure Tempel ſchmettern?
Beiſeite tretet ſtill mit eurem Lied,
Und glaubt: es blinkt, wenn ſich der Sturm verzieht,
Die Sonne heller nach den Wettern.

Wenn aus dem Grab die Freiheit einſt erſteht
Und rings ihr Fächeln durch die Lande geht,
Wird ſelber euch das Volk zum Werk berufen.
Dann ſingt ein Lied, das zu den Sternen rauſcht!
Der Kunſt ein Tempel ward die Welt — es lauſcht
Die Menſchheit fromm auf ſeinen Stufen.

Nach Italien.

So hab' ich nun den Stab genommen --
  Weiß Gott, mein Bündel wog nicht schwer!
Bald ist der letzte Berg erklommen,
  Und weist mir fern das blaue Meer.
Den letzten Gruß dem theuren Norden,
  Wo meiner Kindheit Wiege stand,
Und wo die Seele wach geworden
  Bei deinem Ruf, o Vaterland!

Nun laßt mich ziehn! Im Rebenkranze
  Winkt mir des Südens gastlich Haus;
Schon blinkt sein Dach im Abendglanze,
  Umtönt von weichem Fluthgebraus.
Dort wird die Sonne mild hernieder
  Auf meine kranken Wimpern sehn,
Und deutscher Gruß und deutsche Lieder
  Aus des Granatbaums Wipfeln wehn!

Dem Vogel gleich im Herbstesstrahle,
　Der seiner Heimat Wälder flieht,
Und wieder froh durch Berg und Thale
　Beim ersten Frühlingslächeln zieht:
So will auch ich die Heimat lassen,
　Bis uns die Kampfessonne winkt,
Um wieder froh das Schwert zu fassen,
　Wenn einst der Freiheit Leuchten blinkt.

Es wird der Menschheit ew'ge Frage
　Auch hier mein heißes Blut durchlohn,
Vielleicht die schmerzlich alte Sage
　Die Brust mir zu zersprengen drohn;
Doch kühner wird das Herz sich heben
　Und sich der Geist zum Sieg befrein,
Wenn ewig nicht ins helle Leben
　Die Flocken der Erinnrung schnein.

Euch hat ja nicht mein Fuß gemieden,
　Weil trauernd heut die Männer stehn;
Ich will ja nicht in stillem Frieden
　Im Myrtenhaine schlummern gehn.
Und wenn des Südens hohe Psalmen,
　Erglühn im heil'gen Morgenlicht —
Ich weiß: hier blühen schon die Palmen,
　Und doch die Siegespalme nicht!

Nur lernen will ich, wie das Leben,
　Das ganze Leben uns umrauscht,
Wie Formen sich aus Formen heben,
　Gestalt sich um Gestalten tauscht!

Brutus! schläfst du?　　　　　　　19

Des Daseins Züge will ich lesen,
    Daß einst, in Lieb' und Haß verklärt,
Vom Schein geläutert all sein Wesen,
    Ein treuer Sohn zur Heimat kehrt!

So lebe wohl, du theure Stätte,
    Wo meiner Kindheit Wiege stand!
Mich ruft die erste Freiheitsmette
    Zurück ins deutsche Vaterland.
Und alles Heil, das mir geworden,
    Und eines ganzen Lebens Glück —
Das bring' ich einst dem theuren Norden,
    Der Heimat sel'gem Schoß zurück.

Im Wirthshause.

Saßen spät in mitternächt'ger Stunde
Drei der Freunde an der Tafelrunde.
Zuckend aus den schwarzen Lüften rollte
Glüher Blitz, und ferner Donner grollte.

Hob der Eine da sein Glas mit Lachen:
„Freunde! hört ihr, wie die Stürme krachen?
Kampf ist Lust, die Freiheit naht in Wettern,
Sprühe, Blitz, und laß den Donner schmettern!

„Ob auch Tausend in der Schlacht verbluten:
Palmen blühn aus ihren Lebensfluthen!
Sei gegrüßt, du heil'ger Tag der Rache —
Freiheit ruft: ‚Mein schlafend Volk, erwache!' "

Ließ der Andre mit verhärmten Wangen
Wirr und bleich den Blick am Boden hangen:
„Laß von mir, du starker Zukunftsriese!
Mich verschlingt einst eine Nacht wie diese —

„Eine Nacht, so kalt im Todesbeben,
Da Dämonen ihre Fackeln heben —
Zittern muß ich, Freund, vor dir nach Jahren,
Ein gebrochner Stamm zur Grube fahren."

Sprang der Dritte auf mit heißem Grimme,
Düstern Augs, und sprach mit lauter Stimme,
Daß die Wände tönend wiederhallten,
Wie wenn Geister durch das Zimmer wallten:

„Siecher Greis mit glatter Jünglingsstirne,
Lodert Wahnsinn schon dir im Gehirne?
Schlimme Zeit, die so den Geist umnachtet,
Und den Sohn am Blutaltare schlachtet!

„Weh, kein Zürnen kann die Freiheit wecken,
Die Verrath und Lug zu Boden strecken;
Und Europa wird, im Kampf erschlagen,
Nie der Zukunft goldne Tempel tragen!

„Eine alte Welt hat ausgerungen —
Drum die Fackel auf ihr Haus geschwungen!
Traget Scheite her zum Weltenbrande,
Daß Europa flamm' im Gluthgewande!

„In Amerika im Dämmerlichte
Schlummert schon die neue Zeitgeschichte.
Himmelan in Flammen steigt Elias —
Laßt ihn ziehn, und grüßt den Weltmessias!"

Sprach's, und hob prophetisch seine Hände,
Harrend, ob der Herr ein Zeichen sende?
Fuhr ein Blitz von Osten durch das Zimmer,
Doch im Westen ruhte lang' sein Schimmer.

Jener leert sein Glas in vollem Zuge:
„Heil, Messias, deinem Völkerfluge!"
Doch die Andern schauten stumm sein Walten,
Haben Beid' ihn wohl für toll gehalten.

Gruß den Freien in Amerika!

Ein wilder Geselle auf wildem Meer,
Gewappnet in blinkender Liebeswehr,
So komm' ich vom kranken Europa her
   Zu euch hinüber geschwommen.
In die Wellen sandt' ich die finstre Qual,
Ich grüße den Berg, ich grüße das Thal,
Und heiß' im blitzenden Morgenstrahl
   Euch, freie Männer, willkommen!

Kein Träumer bin ich, den Kampf erschreckt,
Kein Thor, der bleiche Systeme heckt —
Mich hat aus dem Schlummer die Zeit geweckt,
   Ihr Schaffen rüstig zu theilen;
Eine Welle bin ich im Wogendrang,
Ein Lied im stürmenden Weltgesang,
Ein Rebell, der die Fahne des Aufruhrs schwang,
   Der Menschheit Wunden zu heilen.

Noch hebt der Würger sein trotzig Haupt,
Noch sind die Armen der Lust beraubt,
Und es will der Tag, an den wir geglaubt,
   Noch nicht den Wolken entschweben;
Der Tag, wo des funkelnden Goldes Macht
Des Besitzes höhnende Winternacht
Zersprengt, in leuchtender Frühlingspracht
   Sich frei dem Volke zu geben!

Und so komm' ich zu euch! Was die Stunde bringt,
Ob sie Ketten bricht, ob sie Schwerter schwingt,
Ob sie jauchzende Lieder der Zukunft singt:
   Ich will es gläubig erlauschen,
Will mich stellen zu euch in Kampf und Pein,
Bis vom letzten Sklaven die Erde rein,
Und der Gleichheit Banner im Morgenschein
   Des Armen Tempel umrauschen.

Der flüchtige Negersklave.

Nach dem Amerikanischen des H. W. Longfellow.

Der Neger lag im Irrlichtsumpf,
    Und vor ihm flackerten hell
Die Lagerfeuer am Weidenstumpf;
Oft hört' er Rossegetrappel, und dumpf
    Des Bluthunds fernes Gebell.

Wo der Glühwurm scheint und die Irrwischflamm'
    In Farren und Bilsenkraut,
Wo die Tann' umkleidet der feuchte Schwamm,
Wo die Ceder ragt, und der Rebenstamm
    Gefleckt wie der Schlange Haut;

Wohin kein menschlicher Fuß sich verlor,
    Wo der giftige Nebel schwillt:
Auf den zitternden Grund im finstern Moor
Duckt er sich hinab in das wuchernde Rohr,
    Wie in sein Lager das Wild.

Ein armer Sklave! vom Peitschenschlag
    Geschändet der Thrannei;
Auf die Stirne gebrannt das Mal der Schmach,
Und ein Lumpengewand um den Körper lag,
    Des Elends düstre Livrei.

Um ihn war Alles licht und schön,
Und Alles war frei und froh;
Eichhörnchen tanzten auf Baumeshöhn,
Und Vögel erfüllten die Luft mit Getön,
Das jubelnd aufwärts entfloh.

Auf ihn nur fiel das Loos der Pein,
Seit er ans Licht gebracht:
Auf ihn nur blitzte der Fluch des Kain
Herab, und schmetterte ihn allein
In ewige Schmerzensnacht.

In der Fremde.

Sei gegrüßt aus weiter Ferne,
Land der Träume, deutsches Land!
Deine Wunden heilt' ich gerne,
Wiese zu der Freiheit Sterne
Kühn empor mit starker Hand.

Aber weh — aus deinen Hallen
Hör' ich klagend heut entschallen
   Einer Trauerweise Ton:
„Meine Sterne sind gefallen,
Meine Göttin ist entflohn!"

Armes Land! Zu deinen Gauen
   Wandle grüßend mein Gesang!
Deinen Männern — deinen Frauen
Will ich sehnsuchtvoll vertrauen
   Dieser Lieder hellen Klang.
Deine Leiden, deine Wunden
Hab' ich trauernd mitempfunden,
   Doch des Balsams auch gedacht,
Der den Kranken macht gesunden,
   Der Betrübte fröhlich macht.

Deutsches Land! des Sängers Leben
   Weilt bei dir, ob nah, ob fern!
Nichts als Lieder kann ich geben —
Doch ob jedem Liede schweben
   Sieh der Liebe goldnen Stern!
Mag er tröstend dich geleiten
Auf dem uferlosen, weiten,
   Stürmevollen Meer der Nacht,
Bis auch dir nach Kampf und Streiten
   Ein Versöhnungsmorgen lacht!

An die Heimat.

O Heimat, die den Quell der Lieder
　　Zuerst in meiner Brust geweckt,
Und die mit schützendem Gefieder
　　Des Jünglings ersten Traum bedeckt:
Wie konnt' ich thöricht dich verlassen,
　　Als deiner Freiheit Stern erblich?
Ach, edler war's, dich zu umfassen,
　　Zu tragen Leid und Hohn um dich!

Nun sah ich die gelobte Küste,
　　Zu der mein eitles Sehnen flog —
Die Freiheit war es in der Wüste,
　　Die schwerer fast den Nacken bog!
Der Öde galt es dort zu zahlen
　　Des Lebens Hoffnung und Gewinn,
Verklärt von keinen Segensstrahlen
　　Der Kunst, der Weltverschönerin!

Viel' stolze Blumen sah ich schweben
　　Auf dunklem See, in felsiger Kluft —
Ach, alle hätt' ich hingegeben
　　Für eines Veilchens würz'gen Duft!

Und wenn mit schillerndem Gefieder
  Umkreischt mich fremder Vögel Schall,
Horcht' ich umsonst auf eins der Lieder
  Der heimatlichen Nachtigall!

Da bist du mir im Traum erschienen,
  Geliebtes, deutsches Vaterland;
Verklärung lag auf deinen Mienen,
  Du winktest ernst mit Mund und Hand.
Ich folge deinem süßen Schalle,
  So lieblich, wonnesam und traut —
O' mächt'ger, denn die Stimmen alle,
  Ist deiner Stimme Wunderlaut!

Schon taucht empor vor meinen Blicken
  Der ersten Möwe Silberglanz.
Und dieser Duft — o mag ihn schicken
  Der grünen Buchenwälder Kranz?
Das Ufer hier, bekannt wie keines,
  Die je mein flücht'ger Fuß durchirrt! ...
Ob wohl von meinen Lieben Eines
  Mich harrend dort begrüßen wird?

Es stürzt aufs Schiff die bunte Menge —
  O Gott! den Vater schau' ich hier;
Wie einst so rüstig, durchs Gedränge
  Bahnt er sich heut den Weg zu mir.
Und bei ihm mit ergrauten Haaren,
  Die, ach! der Gram um mich gebleicht,
Die Mutter, weinend wie vor Jahren,
  Als sie des Abschieds Schmerz erweicht.

Ich ruh' entzückt in ihren Armen —
  Vergessen Alles und verziehn!
Ich möchte jeden Baum umarmen,
  Vor jeder Blume möcht' ich knien!
Du weißt vor Lust dich nicht zu retten,
  Gesteh, o Herz, mit Jubelschrei:
Und sei's im Kerker, sei's in Ketten,
  Nur in der Heimat bist du frei!

So nimm mich hin, geliebte Erde
  Der lang' entbehrten Heimatflur!
Für ewig dein! — ich schwör's, und werde
  Getreulich halten meinen Schwur.
Hab Dank, du giebst mir Alles wieder,
  Was je der Heimat Zauber gab:
Dem Knaben Lust, dem Jüngling Lieder,
  Dem müden Greis e:n stilles Grab!

Credo.

O bleibt mir fern mit euren Spöttermienen,
  Die ihr zu freveln wagt am heil'gen Geist!
Euch ist er nie im Zukunftsglanz erschienen,
  Die Wahn und Blendwerk ihr sein Wandeln heißt.
Mag euch der Zweifel dumpfe Last beschweren:
  Ich schwinge sein Panier mit freud'gem Muth —
Es kann das Herz des Glaubens nicht entbehren
  An Lieb' und Menschheit, an ein höchstes Gut.

Die Götter haben den Olymp verlassen,
  Des Parsen Feuer sind verlöscht und kalt;
Verstummt ist David's Sang in Zion's Gassen,
  Und selbst das Wort von Golgatha verhallt.
Will Keiner knien an heiligen Altären?
  O, wer entzündet neu der Flammen Gluth?
Es kann das Herz des Glaubens nicht entbehren
  An Lieb' und Menschheit, an ein höchstes Gut.

Der Webstuhl saust, es donnern fort die Räder,
  Das schnaubt und keucht, das rasselt, schnurrt und grollt!
Das Wort ist Gift, zum Dolche wird die Feder,
  Zum Knecht der Geist in todter Kräfte Sold.

Wird denn kein Schimmer diese Nacht verklären?
Ach, euren Schatten mangelt Fleisch und Blut! —
Es kann das Herz des Glaubens nicht entbehren
An Lieb' und Menschheit, an ein höchstes Gut.

Verzweiflung sitzt auf euren Königsthronen,
Und sendet finster ihre Schergen aus.
Ihr schweift um Glück bis in die fernsten Zonen,
Und bringt den Frieden nimmer doch nach Haus.
O, fühlt ihr nicht: im All, dem götterleeren,
Fehlt euch der Kompaß auf der wilden Fluth?
Es kann das Herz des Glaubens nicht entbehren
An Lieb' und Menschheit, an ein höchstes Gut.

Zu dir, o Freiheit! send' ich mein Verlangen,
Die mir der Zukunft dunkle Pfade weist!
Laß einen Strahl mich deines Lichts empfangen,
Ström auf mich nieder deinen heil'gen Geist!
Gieb, daß unwandelbar auf deinem hehren,
Geweihten Stern mein trunknes Auge ruht,
Und laß des Glaubens nimmer mich entbehren
An Lieb' und Menschheit, an ein höchstes Gut!

Die Jüdin.

Sie war ein Kind aus Juda's Stamme,
　　Sie trug mit Stolz der Christen Groll;
Es blitzt' aus ihres Auges Flamme
　　Ein Zürnen, groß und würdevoll.
Ihr dunkles Auge schwamm in Thränen,
　　Weil für die Liebe Haß ihr lohnt,
Solang des Glaubens finstres Wähnen,
　　Ein Alp, im Kreis der Menschheit thront.

Sie sprach: „Was hab' ich denn begangen,
　　Daß ihr die Herzen mir verschließt,
Und rings, so weit die Städte prangen,
　　Von jeder Schwelle mich verstießt?
In Liebe möcht' ich euch umfassen,
　　Als Schwester theilen euer Loos —
Ihr lehrt mich meine Menschheit hassen,
　　Verfluchen meiner Heimat Schoß!

„Habt ihr, mir Fehde zugeschworen,
　　Weil südlich braun mein Wangenpaar?
Auch mich hat Deutschland ja geboren,
　　Ob nächtig schwarz mein Lockenhaar!

Bin schuldig ich der Frevelthaten
　An eurem Gott, der Völker Hirt,
Der täglich neu von euch verrathen,
　Verrathen und gekreuzigt wird?

„Ihr sagt: ‚O Jüdin, laß dich taufen,
　Dann lohnt dich unsrer Liebe Sold!‘ —
Ich bin zu stolz, mich zu verkaufen,
　Wenn ihr mich frei nicht lieben wollt!
Eh'r will ich leiden und entsagen,
　Verhüllen stumm mein Angesicht,
Bis einst die Stunde mir geschlagen,
　Die meines Volkes Ketten bricht!"

So sprach das Kind aus Juda's Stamme,
　Und trug mit Stolz der Christen Groll;
Es blitzt' aus ihres Auges Flamme
　Ein Zürnen, groß und würdevoll.
Ihr dunkles Auge schwamm in Thränen,
　Weil für die Liebe Haß ihr lohnt,
Solang des Glaubens finstres Wähnen,
　Ein Alp, im Kreis der Menschheit thront.

Zum 10. November 1859.

„Vivos voco!"

~~~~~~~

Es zieht ein Ruf des Jubels durch die Lande,
   Von Mund zu Munde klingt er mächtig fort;
Er hallt von Elb' und Rhein zum Donaustrande,
   Und Grüße wechseln freudig Süd und Nord.
Am Newastrom, in Norweg's fernem Eise,
   Von Tell's Revier hinab zum Niederland,
Bis übers Weltmeer tönt die Festesweise,
   Und schlingt von Herz zu Herz ein Liebesband.

Was wollen diese frohen Lieder künden?
   So ernst und trübe schilt man sonst die Zeit!
Wozu der Freude Kerzen rings entzünden,
   Solange Haß die Völker noch entzweit?
Ist denn ein Retter heut der Welt geboren,
   Der aller Zwietracht finstern Groll bezwingt, —
Ein Held, der aus der Zukunft dunklen Thoren
   Des Friedens goldnes Licht hernieder bringt?

Ja, Heil dem Tage! Schaart euch fest zusammen,
   Ein Jubelhymnus schalle durch die Welt,
Die Feuer laßt von allen Bergen flammen:
   Erstanden ist ein Retter und ein Held!

Das Wort des Dichters wird die Welt versöhnen,
Dem zaubernde Gewalt ein Gott verlieh —
Es führt zur Freiheit euch die Macht des Schönen,
Ins Reich der Wahrheit euch die Poesie!

Wie einst dem Volk in Hellas' grünen Thalen
Das Lied des Sängers seine Götter schuf:
Erstand ein Heer von stolzen Idealen
Auf unsres Sängers, unsers Schiller's Ruf.
Sein Auge drang in lichte Zukunftsfernen,
Die keines Erdgebornen Bicke sahn;
Der Menschheit wies sein Lied zu schönern Sternen,
Zu allem Hohen, Himmlischen die Bahn.

Er schritt voran, er trug uns vor das reine
Panier für Recht und Licht in heil'gem Krieg,
Das Edle schützend, strafend das Gemeine, —
Und fallend noch, im Sterben, jauchzt' er: „Sieg!"
Daß auch der Ruhm des Märtyrers nicht fehle,
Ward zu dem Lorber ihm der Dornenkranz,
Und, frei der Fesseln, schwang sich seine Seele
Zum Himmel auf mit ungetrübtem Glanz.

Wähnt ihn nicht todt! — o sucht ihn nicht im Grabe!
Er schied, dem Mädchen aus der Fremde gleich,
Doch hinterließ er Jedem eine Gabe,
Gereift auf andrer Flur, in schönerm Reich.
Der Blumen wartet, die er euch gegeben,
Labt an den Früchten euch aus seiner Hand:
So wird euch stets sein Genius umschweben,
Der einst, ein Seraph, unter Menschen stand.

Wohl thut es noth, den Sinn emporzulenken
  Zu deiner Dichtung Höhn, verklärter Geist,
In deine Tiefen heut sich zu versenken,
  Bis auch des letzten Wahnes Trug zerreißt.
Wie einem feuerarm'gen Moloch, schüren
  Sie noch dem Gold der Menschenopfer Gluth;
Den Bettler weisen sie von ihren Thüren,
  Und predigen, statt Liebe, Haß und Wuth.

Die Philipp' noch mit ihren Alba's strecken
  Ihr blut'ges Scepter über Sklaven aus:
Mag deines Posa Mahnungsruf sie schrecken,
  Erschüttern mag sein Wort ihr goldnes Haus!
Und wo mit des Betrügers frechen Händen
  Ein Bürger nach dem Purpurmantel greift,
Soll ihn ins Meer Verrina's Schatten senden,
  Bevor zur That das Werk der Sünde reift!

Auf Friedland schaut! Des Unheils Sterne zogen
  Ihn nieder in den Staub der Erdenlust —
Doch, wie ein Jeder wägt, wird ihm gewogen,
  Des Schicksals Sterne ruhn in eurer Brust.
Wollt ihr der Leiden tiefstes Maß ergründen?
  Die Schottenkön'gin hat den Kelch geleert!
Der Heldin Ruhm? . . . Laßt euch die Jungfrau künden:
  Die Lieb' ist mächt'ger, als das Heldenschwert!

Du grubst in deiner Lieder Erz die Rechte
  Der Menschheit ein, es ward zu Trost und Licht
Dein stolzes Wort dem kämpfenden Geschlechte:
  „Die Weltgeschichte ist das Weltgericht!"

Des armen Volkes haft du nie vergeſſen,
   Selbſt im Olymp blieb dir ſein Leid bewußt —
Und der mit Zeus am Göttermahl geſeſſen,
   Schoß auch mit Tell den Pfeil in Geßler's Bruſt!

Auf, Brüder! Ein Jahrhundert iſt verronnen,
   Doch tönt noch heut unſterblich ſein Geſang!
Vollenden wir den Bau, von ihm begonnen,
   Zur Eintracht ruft uns ſeiner „Glocke" Klang!
Der Einheit Band umſchlinge Süd und Norden,
   Der Freiheit Licht erhelle Berg und Thal,
Und ſegnend zu des Weltmeers fernſten Borden
   Erglänze hell der Friedensſonne Strahl!

Heil dieſem Tage! Schart euch feſt zuſammen,
   Ein Jubelhymnus ſchalle durch die Welt,
Die Feuer laßt von allen Bergen flammen,
   Und ſchwört empor zum blauen Himmelszelt:
Zu pflegen treu der Freiheit goldnen Samen,
   Den ſeine Lieder euch ins Herz geſtreut —
So feiert würdig ihr des Dichters Namen,
   Der ſich, verklärt im Licht, der Menſchheit freut!

Aspromonte.

Ein Lied des Fluchs, ein' wildes Lied von Fürstendank
und Fürstenschmach!
Das Maß der Tyrannei ist voll! Nun komme, was da
kommen mag!
Ihr seid verstockt und blind und taub! und käm' ein Gott,
ihr säht ihn nicht!
So gehe denn des Volkes Zorn mit euren Sünden ins
Gericht!

Verzeichnet stehn sie allzumal in der Geschichte ew'gem
Buch;
Schlagt nach, ihr lest auf jedem Blatt von Freiheitsmord
und Herrschertrug!
Solang' die Erde steht, bis heut, war nie ein Fürst gerecht
und rein,
Und bis der letzte Thron zerbricht, wird Friede nicht auf
Erden sein.

Ein Beispiel wieder künd' ich euch — mag zeugen Jeder,
der da lebt! —
Wie sich auf Lug, Verrath und Mord des Königthumes
Bau erhebt.

Von Garibaldi spricht mein Lied, von dieser Tage einz'gem
    Mann,
Dem einen echten Fürstenlohn sein Herr und König jüngst
    ersann.

Er warf mit einer Heldenschar sich in der Feinde Wall
    hinein,
Aus ihrer blut'gen Mörderhand die schöne Heimat zu
    befrein.
Italiens Krone sahst ihr ihn dem Sardenkönig dann vertraun,
Er selbst, ein neuer Cincinnat, ging wieder seine Rüben
    baun.

Und übers Jahr zum andern Mal verließ er seiner Insel
    Strand,
Die Perle Rom, das Kronjuwel, zu spenden dem befreiten
    Land.
„Rom oder Tod! Mein Herr und Fürst, was ich erkämpft,
    beherrsche du!
Wie jüngst die Krone, nimmst du wohl von mir die Perle
    auch dazu!"

Was war sein Dank? Die Kugel fragt, die ihn bei
    Aspromonte traf!
Für eine Kron' ein Stückchen Blei — o Fürst, dein Schütze
    zielte brav!
Ein Meuchelmord auf höchsten Wink (wie einst zu Eger,
    war's auch hie),
Und dann der Gnade Ehrenbrief — dem Fürsten Picco=
    lomini!"

Durchziehe denn die Welt mein Lied von Fürstendank und
Fürstenschmach!
Das Maß der Tyrannei ist voll! Nun komme, was da
kommen mag!
Solang' die Erde steht, bis heut, war nie ein Fürst gerecht
und rein,
Und bis der letzte Thron zerbricht, wird Friede nicht auf
Erden sein.

Zu Hamburg's fünfzigjähriger Jubelfeier

der Erhebung des deutschen Volkes.

(18. März 1863.)

1.

Ein Jubel rings auf Markt und Gassen,
    Ein Blumenwald dein Häusermeer!
Und durch des Volks bewegte Massen
    Wälzt sich ein bunter Zug einher.
Es schreibt sich mit Begeistrungsschauern
    Dies Fest in der Geschichte Blatt —
So ward noch keins in deinen Mauern
    Gefeiert, alte Hansastadt!

Ein Fest des Volks! — kein Fest der Fürsten,
    Die schnöd verzagt am Vaterland,
Als sich des Korsen Ruhmesdürsten
    Aus ihrer Schmach den Lorber wand.
Auf deutscher Erde fremde Heere,
    Das freiste Volk im Sklavenjoch --
Sie wahrten nimmer Deutschlands Ehre,
    Und hießen Deutschlands Fürsten doch!

Sie prüften ängstlich noch die Mittel,
    Zu brechen des Eroberers Bann,
Als grollend der Helot im Kittel
    Sich kühn schon auf sich selbst besann.
Ein Sturmesruf durchbrach die Stille,
    Dem Volk entsproß der Freiheit Saat:
Geboren ward der deutsche Wille,
    Und aus dem Willen sprang die That!

O stolze Zeit, wo Süd und Norden
    Des Ostens Weckerruf verstand,
Der rasch bis zu der Elbe Borden
    Sein donnertönig Echo fand;
Wo selbst der Moskowit, der wilde,
    Für einen Tag uns Bruder hieß,
Weil von der Freiheit Götterbilde
    Auch er sich hehr entflammen ließ!

Da trug das deutsche Volk die Krone
    — Sie stand noch keinem Haupt so gut! —
Da ward das morsche Holz der Throne
    Geleimt mit seinem Heldenblut!
Vergessen jeder Zwist im Innern,
    Bis ausgelöscht der Heimat Schmach . . .
O, wohl geziemt ein stolz Erinnern
    Dem Volk an diesen Ruhmestag!

Und wollen sie, die auf den Trümmern
    Des Völkerglücks ihr Reich erbaun,
Auch dies Gedächtnis uns verkümmern
    Allüberall in deutschen Gaun:

Und häufen sie zu alten Sünden
Noch Hohn auf Hohn und Hieb auf Hieb:
So möge dieses Fest verkünden,
Daß eine Statt der Freiheit blieb!

Drum schalle heut aus deinen Thoren
Der Ruf, du alte Hansastadt:
„Noch ist die Freiheit nicht verloren,
Nicht wir, die Kön'ge werden matt!"
Und von der Elbe soll es tönen
Bis fern hinab zum Donaustrand:
„Das Volk sei Herr im großen, schönen,
Im einig-starken Vaterland!"

2.

Flatternd bunter Fahnen Zier,
    Jubelnde Fanfaren!
Und die Stadt durchzogen wir
    In geschmückten Scharen.
Galt es jenem Tage doch,
    Da im Heldenstreite
Sich aus fremder Knechtschaft Joch
    Unser Volk befreite!

Väter ließen Weib und Kind
    Für der Heimat Ehre;
Selbst der Knabe, großgesinnt,
    Griff zur blanken Wehre;
Goldne Spenden brachten dar
    Mütter, Wittwen, Bräute —
So zerriß der deutsche Aar
    Kühn die fränk'sche Meute!

Jenen, die im heil'gen Strauß
    Siegten oder sanken,
Soll, daß frei noch Herd und Haus,
    Unser Jubel danken.

Aber wollten thatlos wir
Ihren Ruhm verderben:
Besser dann, wir schlügen hier
Unser Glas in Scherben!

Besser dann, es färbte Scham
Glühend uns die Wangen:
Daß die Freiheit, wie sie kam,
Schneller fast gegangen;
Daß wir nur das fremde Joch
Unmuthvoll zerschlagen,
Aber in der Heimat noch
Ehrne Ketten tragen!

Ketten — ob ein Silberglanz
Gleißend sie umfunkle;
Ketten — ob ein Blumenkranz
Ihre Schmach verdunkle:
Nur verlängert ward bis heut,
Nicht gesprengt die Kette...
Wär's ein Rausch nur, drin gefreut
Heut ein Sklav sich hätte?

Wahrlich nein, es sei dies Fest
Uns ein glückvoll Zeichen,
Daß der Knechtschaft letzter Rest
Werde bald erbleichen;
Daß das deutsche Volk, vereint
Wie in jenen Tagen,
Werde, wie den äußern Feind,
So den innern schlagen!

Darum schenkt die Gläser voll,
  Deutsche Festgenossen:
Aus dem alten Kampfe soll
  Neue Saat entsprossen!
„Freiheit!" heißt die junge Saat,
  „Freiheit auch im Innern!"
Mag, daß schuldig ihr die That,
  Euch dies Fest erinnern!

Im Jahr der Feſte 1863.

So ſpricht zu ſeinem Volk der Dichter:
    Genug der Thorheit nun! halt ein!
Löſch aus die Fackeln und die Lichter,
    Laſs ab vom Schein!
    Was frommt es, zu verſchleiern
Der Heimat Weh durch Pomp und Flitterſtaat?
    Heut gilt's kein Feſt zu feiern —
    Es gilt die That!

Das heiß' ich nicht, die Todten ehren,
    Wenn mit Hurrah und Jubellied
Ihr im Paradeſchmuck, im leeren,
    Die Stadt durchzieht.
    Auf! nehmt das Schwert zu Händen
Und ſchwingt's, wie ſie, gen Knechtſchaft und Verrath!
    Der Todten Werk vollenden
    Kann nur die That!

Auch heiß' ich's Ehre nicht und Tugend,
    Wenn ein Packan mit Phraſen gleißt,
Und drob ihn Deutſchlands rüſt'ge Jugend,
    Mit Liedern preiſt.

Brutus! ſchläfſt du?   21

Stählt euch an Reck und Barren
Die Kraft — doch seid dann auch zur Schlacht parat
Laßt uns umsonst nicht harren
Auf eine That!

Und ihr, o wackre Festgenossen,
Ihr Schützen, macht zum Ernst das Spiel!
So manche Kugel ward verschossen —
Schießt nun ins Ziel!
Laßt euch nicht länger äffen!
Legt an! der Feind, der Königsgeier, naht —
Ihn in das Herz zu treffen,
Sei eure That!

Verstummt, ihr Zinken! schweigt, ihr Hörner!
Noch sind wir nicht der Väter werth!
Wo ist die That, die einen Körner
Und Schiller ehrt?
Ihr prahlt mit eurer Schande,
Wenn ihre Gräber euer Fuß betrat —
Erst sprengt der Knechtschaft Bande
Durch eine That!

Das wär' ein Tag, wenn, statt zu prunken
Im Sklavenkleid, von Schmach erdrückt,
Ringsum das Volk begeistrungstrunken
Das Schwert gezückt!
Dann tönte von den Leiern
Ein neues Lied auf ruhmbekränztem Pfad,
Um würdig sie zu feiern,
Die große That!

Polenlieder.

Nach dem Dänischen des Carsten Hauch.

〰〰〰

1.
Lied des Flüchtlings.

Leb wohl, geliebtes Heimatland! Muſs ewig nun dich fliehen,
Allwo zuerſt der Kukuk ruft, zuerſt die Linden blühen;

Allwo am grünſten wächſt das Gras, der Mond am hellſten blinket,
Allwo die Zeit am ſchnellſten rinnt, der Stern ſo freundlich winket;

Allwo mir jeder Stein bekannt, vertraut mir jede Stelle,
Und jeder Weide Silberlaub, ſich ſpiegelnd in der Welle.

Doch mit den Schlechten buhlt das Glück, und lächelt argen Thaten —
Der Hund, der meine Thür bewacht, der wird mich bald verrathen!

Den Hirſch in meinem Walde wird ein Andrer bald erlegen;
Die Roſe, die ich einſt geliebt, ein Andrer wird ſie hegen!

Der Vogel, der kein Neſt beſitzt, muſs einſam weiter wandern —
Die Jungfrau, die mir theuer war, ſie liebt ſchon einen Andern!

———————

2.

Polnisches Vaterlandslied.

Warum schwillt die Weichsel mächtig, gleich der Heldenbrust,
Die zerschmettert wird am fernen Strand in Todeslust?
Warum tönt der Wellen Klage von dem schwarzen Grund,
Wie des Streithengsts letztes Röcheln in der Todesstund'?

Langsam schlängelt sich der Weichselfluß um Krakau's Wall;
Um das Joch zu brechen, zogen aus die Krieger all',
Schwert und Sense blinkten blutig zwischen Rauch und Dampf —
Weh! kein Streiter kam zurücke aus dem wilden Kampf.

Darum hören wir ein Seufzen stets den Fluß entlang,
Darum fluthet er voll Wehmuth wie ein Grabgesang,
Darum trauern Wald und Wiesen und die öden Fluhn,
Darum schwand der Freude Lächeln Polens Töchtern nun.

An der Mädchen Wiege sitzen jetzt sie mit Gewein,
Unter Wehmuthsliedern schlummern ihre Buben ein —
Doch, erwacht der Knab', dann singen sie von Streit und Schlacht
Unterm Sang entschwundner Größe Polens Kind erwacht.

.

Für Polen!

Sie ist nicht todt! ihr könnt sie nicht erschlagen,
    Sie lacht ob eurem Wüthen, eurem Drohn!
Ob ihr sie hundertmal zu Grab getragen:
    Unsterblich lebt die Revolution!
Ihr wähntet sie geknebelt und gebunden,
    Erwürgt mit Strang und Blei und scharfem Stahl:
Und doch, wie Banquo's Geist, zu allen Stunden
Beut sie euch Trotz, und weist auf ihre Wunden,
    Ein stummer Gast bei jedem Königsmahl!

Und wieder stürmt sie nun mit blut'gen Locken,
    Flammenden Augs, durch Polens Felder hin:
Sie zerrt in jedem Dorf des Aufruhrs Glocken,
    Von allem Volk umjauchzt als Retterin!
Sie winkt: — es opfern ihr die letzte Habe
    Magnat und Bauersmann, zur Schlacht bewehrt;
Bei ihrem Ruf erwächst zum Mann der Knabe,
In Jugendkraft erglüht der Greis am Stabe,
    Und selbst die Jungfrau greift zum Heldenschwert!

Verrathnes Land! du haft den Kelch der Schmerzen,
    Der Schmach, des Hohns geleert mit Duldermuth!
Der Steppengeier wühlt' in deinem Herzen,
    Bis sein Gefieder troff von deinem Blut.
Geächtet irrten deine besten Söhne
    An fremder Stätte heimatlos umher;
Doch jeder flog beim Ruf der Kampfestöne
Zum Schlachtfeld hin, daß er mit Ruhm dich kröne,
    Der Freiheit ruheloser Ahasver!

Denn also ist's: Wo nur auf blut'gen Sohlen
    Ein Volk für seiner eignen Freiheit Strauß
Das Schwert erhebt, da kämpft es auch für Polen,
    Und Polen kämpft mit ihm für Herd und Haus.
Mag über Schleswigs Flur der Krieg gewittern,
    Der Schlachtenrauch durch Ungarns Pußten ziehn,
Vom Hall der Bomben Praga's Wall erzittern,
In Trümmer selbst der Vatikan zersplittern:
    Kein Volk wird frei, bis aller Dränger fliehn!

Das ist die Botschaft, unsrer Zeit verkündigt,
    Ihr Evangelium, in Blut getauft!
Vernehmt es, die an Polen ihr gesündigt,
    Und nun, gleich ihm, zerrissen und verkauft!
Vernimm es, Deutschland, das mit Mörderkrallen
    So oft des weißen Adlers Leib zerfleischt,
Daß, wenn des Volksgerichts Posaunen schallen,
Nicht auf dein Haupt des Rächers Blitze fallen,
    Der Sühnung einst für jeden Frevel heischt!

Wach auf, mein Volk! — es ist die zwölfte Stunde;
  Weh dir, wenn ungenützt die Zeit verstrich! —
Auch Deutschlands Zukunft schläft auf Polens Grunde,
  Und Polens Helden bluten auch für dich!
Sei ihrer werth, zerreiß die Sklavenbande,
  Dein Feind, dein Russe, steht an Rhein und Belt,
Er herrscht in Wien, Berlin, am Eiderstrande —
Wirf deinen Russen aus dem eignen Lande,
  So machst du Polen frei, und frei die Welt!

Der Dichter

Ein Sämann, zieht von Strand zu Strande
Der Dichter seit der Welt Beginn,
Und streut durch alle weiten Lande
Die Saaten seiner Lieder hin.
Sie keimen auf in tausend Herzen,
   Die wund des Lebens Fessel rang,
Und wecken unter Kampf und Schmerzen
   Der Hoffnung fröhlichen Gesang.

Das ist des Dichters hohe Sendung:
   Zu reifen, was in jeder Brust
Nach Wahrheit trachtet und Vollendung,
   Nach Schönheit, Glück und Friedenslust;
Daß ihm die Menge lauscht verwundert,
   Wenn er zum Lied ihr Herz befreit,
Und seinem gährenden Jahrhundert
   Die Melodie der Sprache leiht.

Wenn jedes Leid einst ward verkündet,
  Das eine Menschenbrust bewegt,
Und jeder Sehnsucht Stern entzündet,
  Den je ein Menschenherz gehegt:
Dann wird ein Morgen endlich werden,
  Schön, wie der Dichter ihn ersann — —
O Frühlingsmorgenroth der Erden,
  O Völkerlenz, wann brichst du an?

Noch ruht die Welt in schwerem Traume,
  Und dumpf verhallt ihr Klageton;
Doch blinkt am fernen Himmelssaume
  Der Zukunft erstes Leuchten schon.
O dürfte, wenn die Nacht geschieden,
  Mein Lied im Freiheitssonnenschein
Für einen Tag voll Glanz und Frieden
  Die erste Frühlingslerche sein!

Druck von M. Rosenberg, Hamburg.

Vor der Lektüre zu verbessernde Druckfehler.

Seite 22, Zeile 5, ist das Komma zu streichen.
„ 24, „ 18, statt sirth lies sieht.
„ 42, „ 2 v. u., statt sprecht lies spricht.
„ 45, „ 9, ist das Wort es zu streichen.
„ 59, „ 3, statt des Komma ist ein Apostroph zu setzen.
„ 79, „ 6, statt erlassen lies verlassen.
„ 79, „ 8, statt verblassen lies erblassen.
„ 84, „ 7, statt wenn lies wen.
„ 99, „ 8 v. u., statt spricht lies springt.
„ 103, „ 17, statt Unb lies Run.
„ 127, „ 5, statt „Du, Haupt lies „Du Haupt.
„ 128, „ 6, statt Uns lies Euch.
„ 139, „ 2, statt verzweifeld lies verzweifelnd.
„ 140, „ 11 v. u. statt wild lies mild.
„ 142, „ 9 v. u. statt Wind lies Winde.
„ 159, „ 9, ist nach Voll ein Komma zu setzen.
„ 166, „ 8, statt mouve! lies muovo!
„ 176, „ 9, statt auf stöhnt lies aufstöhnt.
„ 177, „ 3, statt Wit lies Wir.
„ 185, „ 2, statt bei lies an.
„ 206, „ 6 v. u., statt Ponlischen lies Polnischen.
„ 206, „ 1 v. u., setze nach Winde ein:
„ 211, „ 4, statt finstern lies finstern.
„ 215, „ 2, statt das Herz lies sein Herz.
„ 217, „ 2 v. u., statt pricht lies spricht.
„ 224, „ 9, statt Hinüber lies Herüber.
„ 232, „ 1, funkelnden Weine lies funkelnden Wein.
„ 239, „ 12, statt edle lies elle.

Von demselben Verfasser sind früher erschienen:

A. Strodtmann, Gedichte. Leipzig 1857. 1½ Thlr.

— — Rohana. Ein Liebesleben in der Wildnis. Hamburg 1857. 18 Sgr.

— — Ein Hoheslied der Liebe. Hamburg 1858. 22½ Sgr.

— — Lieder der Nacht. Bonn 1850. 1 Thlr.

— — Lieder eines Kriegsgefangenen auf der „Dronning Maria". Hamburg 1848. 7½ Sgr.

— — Gottfried Kinkel. Wahrheit ohne Dichtung. — Biographisches Skizzenbuch. 2 Bde. Hamburg 1851. 3 Thlr.

— — Heinrich Heine's Wirken und Streben, dargestellt an seinen Werken. Hamburg 1857. 22½ Sgr.

Heinrich Heine's sämmtliche Werke, herausgegeben von Adolf Strodtmann. 19 Bde. Hamburg 1861—63. 15⅔ Thlr.

Orion. Monatsschrift für Literatur und Kunst, herausgegeben von A. Strodtmann. Erster Band, Heft 1—10. Hamburg 1863. à Heft 15 Sgr.

Im Verlage von **Jean Paul Friedrich Eugen Richter** in **Hamburg** wird Anfangs Oktober d. J. erscheinen:

Die Arbeiter-Dichtung

in Frankreich.

Ausgewählte Lieder französischer Proletarier.

In den Versmaßen der Originale übersetzt und mit bio-
graphisch-historischer Einleitung versehen;

nebst einem Anhang Victor Hugo'scher Zeitgedichte,

von

Adolf Strodtmann.

Preis 1 Thlr.

————————

Das oben angezeigte Werk beschäftigt sich mit einem
Thema, das seither niemals in eingehender Weise behandelt
worden ist. Mit Ausnahme der Gesänge Béranger's, sind
wenige der orginellen Lieder, in welchen der unterdrückte
Volksgeist in Frankreich sich Luft machte, außerhalb ihrer
engeren Heimat bekannt geworden. Wir glauben, daß diese
moderne Volkspoesie jedenfalls eine größere Beachtung ver-
dient, als ihr seither zu Theil wurde, denn sie liefert einen
wichtigen Beitrag zur Kulturgeschichte des französischen
Proletariats. Die in Rede stehenden Produktionen geben
einen zuverlässigen Maßstab für die Beurtheilung des Bil-
dungsdranges, welcher die Arbeitermassen von Paris beseelt
und sich, trotz aller Hemmnisse, Befriedigung zu verschaffen
sucht. Wem ernstlich daran gelegen ist, die Wünsche und
Hoffnungen der sogenannten unteren Volksklassen zu stu-

dieren, der sollte nicht mit vornehmer Gleichgültigkeit die
Lieder übersehen, in welchen das Volk selbst seine trüben
Zustände geschildert, seine Forderungen mit klarer Bestimmt-
heit Punkt für Punkt entwickelt hat. Nicht Haß noch Rache
leiten den Arm des Proletariers zum Werke der Zerstörung
oder der Neugestaltung unsrer socialen und politischen Ver-
hältnisse; was ihn zum Kampf erregt, ist vielmehr das Ge-
fühl der Unsittlichkeit und Ungerechtigkeit der heutigen
Gesellschaftsform, und nur humane Forderungen sind es,
deren Erfüllung er von der Zukunft verlangt. Für diese
Thatsache liefern die französischen Arbeitergedichte der letzten
Decennien aufs Neue einen eklatanten Beweis. Adolf
Strodtmann theilt in dem oben erwähnten Buche gegen
100 dieser Lieder in getreuer Übersetzung mit und giebt
außerdem einen interessanten Abriß der Geschichte und
Stellung dieser Poesie, wie der einzelnen Poeten.

Verlag von **Jean Paul Friedrich Eugen Richter** in
Hamburg:

Beck, Karl. Aus der Heimat. Gesänge. Dritte
Auflage. Mit einem Stahlstich. Eleg. geh.
1 Thlr. 20 Sgr. Eleg. geb. 1 Thlr. 20 Sgr.
Diese glühenden, Freiheits- und Vaterlands-
liebe athmenden Dichtungen, welche 10 Jahre
lang in Östreich verboten waren, werden
schon ihres hochpoetischen Werthes wegen
auch heute noch überall verdiente Anerken-
nung erringen, wo das ritterliche, tapfere
Volk der Ungarn und dessen jüngste Geschichte Theilnahme und Verständniß gefunden.

— — **Lieder vom armen Mann.** Mit einem
Vorworte an das Haus Rothschild. Vierte
Auflage, mit einem Stahlstich. Eleg. geb.
in Goldschnitt. 1 Thlr. 10 Sgr.
Was wir oben vom hochpoetischen Werth
der „Lieder aus der Heimat" von Beck gesagt
haben, kann mit vollstem Rechte auch von

diesen „Liedern vom armen Mann" wiederholt
werden.   Auch sie wurden in Östreich
eine Zeitlang mit Beschlag belegt.

Märzroth, Dr. **Satans Leier.** In illustr. Umschlagkarton
mit Goldschnitt. 20 Sgr.
Mit spitzer Feder werden hier im Gewande
der Poesie die Schwächen der Erdenkinder
aufgedeckt. Die Lieder: „Wann werdet
ihr einig sein?" An die Frauen,"
„Modernes Liebeslied," „Die neue
Schminke," erinnern an Heine's Gedichte.

Prutz, Robert. Deutsche Dichter der Gegenwart. Ein
lyr. Album. Eleg. geh. 1 Thlr. 15 Sgr.
Eleg. geb. 2 Thlr.
Die älteren Anthologien leitete ausschließlich
der Ruhm der Dichter, spielend ließ sich das
Passende finden und einreihen. Hier aber
galt es, aus einer unermeßlichen Menge
neuer und unbekannt gebliebener Gedichte
das einzelne Gute herauszuchen, das werth
ist , von spurlosem Versinken gerettet zu
werden. Ohne den Geschmack und den Fleiß
des Herausgebers wäre das überraschend
Schöne, was diese Sammlung bringt, wohl
nirgends zu finden gewesen.

Sallet, Friedrich von, Gedichte. 4. Aufl. Eleg. geb. 2 Thlr.
Diese Ausgabe bildet zugleich den „Zweiten
Band" von „Sallet's sämmtlichen
Schriften". Durch die Billigkeit dieser
Min.=Ausgabe ist es möglich gemacht, auch
das größere Publikum mit den Arbeiten des
uns zu früh entrissenen Dichters und Denkers
bekannt zu machen. · Die erste Abtheilung
der gesammelten Gedichte führt den Titel
„Naturleben und junge Liebe." Sallet's
Liebeslieder sind ein erstauntes Nachsinnen
über die Tiefe des weiblichen Gemüths.
Nimmt er den Pokal in die Hand, so er=
tönt entweder eine rechte Lebensregel (Maien=

lied), oder er sinnt über Wein und Poesie nach und vergleicht beide mit einander. Die Welt ist dem Dichter ein ferner, widerwärtiger Lärm, zu dessen Schilderung er alle gellenden und kratzenden Mißlaute aufsucht (Seite 43), während er den Wald mit vollen Glockentönen und mit allem sanften Gesäusel unserer Sprache lobt.

K. M. Kertbeny. **Erinnerungen an Graf Ladislaus Teleki.** Mit dem photographirten Portrait Teleki's. 9 Bg. Eleg. geh. 1 fl. 20 kr. Ö.=W. — 24 Sgr.

Das Büchlein enthält neue und wichtige Aufschlüsse über den großen Patrioten und dessen räthselhaften Tod, dessen Kunde zuerst den in Pest versammelten Reichstag, durch ihn die ungarische Nation und durch den tausendarmigen Telegraphen gleich rasch die gesammte civilisirte Welt erreichte, in immer weiteren und weiteren Ringen fort vibrirend, immer unverstandener in den Motiven, doch überall mit gleich tiefer Theilnahme und gleich großem Bedauern vernommen. Diese „Erinnerungen" an Teleki bringen übrigens auch viele neue und höchst interessante Mittheilungen über Klapka, Türr u. s. w.

www.ingramcontent.com/pod-product-compliance
Lightning Source LLC
Chambersburg PA
CBHW022248020726
47496CB00004B/1122